MA CHÈRE LISE

VINCENT ALMENDROS

MA CHÈRE LISE

LES ÉDITIONS DE MINUIT

© 2011 by Les Éditions de Minuit
www.leseditionsdeminuit.fr

ISBN : 978-2-7073-2194-7

Les enfants n'ont ni passé, ni avenir ; et ce qui ne nous arrive guère, ils jouissent du présent.

Jean de La Bruyère, *Les Caractères*, XI, 51

I

Lise s'amusait d'un rien, en l'occurrence de moi.

Ce vendredi-là, une imposante voiture noire nous attendait en bas de chez elle. C'était la fin de journée. Le ciel d'automne lentement s'assombrissait. Le chauffeur, en nous voyant approcher, était sorti de la Mercedes pour nous ouvrir les portes. Assis à l'arrière de la grosse berline, nous avions longé les quais de la rive gauche jusqu'au pont d'Iéna pour atteindre quinze minutes plus tard la rue Bois-le-vent où résidait Moune, la grand-mère de Lise. Le chauffeur était à nouveau sorti et avait aidé la vieille dame à s'asseoir à l'avant. Je m'étais présenté, nous avions échangé quelques mots, puis la voiture était presque aussitôt repartie. Après le pont de Grenelle, nous avions bifurqué vers le sud pour rejoindre l'autoroute, sur laquelle nous roulions maintenant depuis quarante kilomètres.

Lise venait de poser son sac entre nous. Elle en avait retiré un carnet à dessin ainsi qu'une trousse en cuir molle. Son crayon à la main, elle m'observait. Sur la feuille, elle se mit à tracer de grands traits noirs en mordillant sa lèvre inférieure. Très concentrée, elle penchait de temps en temps la tête. Moi, je ne portais sur le dessin qu'une vague attention, ramenant toujours mon regard sur la route. Ne voyant pourtant que mon profil, elle avait choisi de me représenter de face. C'était comme si elle se moquait de la réalité et préférait se concentrer sur sa vision des choses, sur la perception qu'elle avait de moi.
Ou, plus simplement, elle ne savait pas dessiner.

Voilà plusieurs semaines que j'étais devenu son professeur particulier. Peu importe où nous nous étions rencontrés, je me souviens seulement que c'était elle, du haut de ses quinze ans, qui m'avait sollicité pour lui donner des cours. Nous nous voyions chez elle une ou deux fois par semaine. À ce que j'avais cru comprendre, ses parents voyageaient souvent, sans cesse par monts et par vaux, aussi étions-nous généralement seuls, dans cette grande maison, qui n'était pas à proprement parler une maison d'ailleurs, mais plutôt un appartement, un grand triplex au cœur du Quartier latin. Je n'avais croisé sa mère qu'en coup de vent, un jour qu'elle était sur le départ alors que j'arrivais. Elle s'en était excusée. Elle s'appelait Florence. Je conservais d'elle le souvenir d'une grande dame très mince et très gracieuse dans sa longue robe noire.

Ce vendredi-là, les parents de Lise lui avaient proposé qu'ils se retrouvent tous au Bignon-Mirabeau. La maison n'était qu'à une heure de Paris, dans le Loiret, et là-bas c'est trop bien. C'est trop bien, avait répété Lise. Je n'avais pas compris tout de suite pourquoi elle m'avait raconté ça. Je ne sais au juste ce qui s'était dit entre elle et ses parents, mais voilà, j'étais invité à passer le week-end chez eux, à la campagne. Et maintenant, la présence du chauffeur m'intimidait.

Vêtu d'un costume bleu nuit, l'homme était un quinquagénaire à moustache, une moustache épaisse mais bien taillée, qui lui donnait un air bonhomme et contrastait avec son austère silence. Moi j'avais vingt-cinq ans et je savais que rien dans ma vie ne justifiait que je sois conduit par un chauffeur. Non, je songeais, je ne sais pas pourquoi, à la pile d'assiettes sales que j'avais laissées dans mon évier en partant. N'avais-je pas laissé derrière moi bien d'autres choses encore, plus floues et impalpables, et n'étais-je pas en train de me diriger vers d'autres, toutes aussi floues et impalpables ?

Lise observa le dessin à bout de bras. Elle pouffa.

Excepté l'angoisse qui en ressortait, c'était assez peu ressemblant : les traits étaient durs, les sourcils touffus, les cernes sombres, la bouche épaisse, les oreilles dentelées. Je commençais à penser qu'elle me trouvait laid. Elle ajouta avec application une curieuse moustache en guidon, très noire, menaçante. Elle me tendit le carnet à dessin. Je regardai avec plus d'attention le portrait. Peut-être voulait-elle me montrer qu'elle faisait de moi ce qu'elle voulait.

Nous roulions à vive allure mais j'avais la sensation que nous avancions en apesanteur. L'autoroute, ce soir-là, était fluide. Lise venait de s'assoupir contre mon épaule, son carnet au bout des doigts, et je sentais sa respiration, ou plutôt je l'entendais, c'était un tout petit ronflement qui ne voulait pas dire son nom. Gêné de sentir sa tête contre moi, me gardant bien de faire le moindre mouvement, je posai mon regard, dans le miroir du rétroviseur extérieur, sur le visage impavide de Moune. Je ne pouvais dire si la grand-mère de Lise dormait, car avec l'âge, le dessin de ses paupières se confondait avec celui des rides qui griffaient sa figure, et la vieille dame avait dans les yeux quelque chose d'asiatique. Les joues, maigres et molles, semblaient avoir fondu dans le cou. Voyant sa position sur le siège – sa tête s'était légèrement inclinée vers l'arrière et sa bouche demeurait entrouverte –, je me surpris à imaginer que la grand-mère était morte.

La voiture ralentit et glissa vers une bretelle pour quitter l'autoroute. Nous traversâmes bientôt des champs vert-jaune, une étendue sombre de blé et de colza qui se déroulait autour de nous jusqu'à ce qu'une haie d'arbres, un commencement de forêt, au loin l'interrompe. La Mercedes occupait maintenant toute la route. Nous passâmes un étroit pont de pierre et Lise se réveilla précipitamment. On arrive, dit-elle, et quittant mon épaule, elle essaya de reconnaître, dans la nuit qui nous enveloppait peu à peu, le lieu exact où nous nous trouvions. Il n'y avait pas eu une once de doute, pas la moindre hésitation dans ses paroles. Nous arrivions. C'était certain. Le chauffeur engagea aussitôt la Mercedes dans une petite allée.

Les roues écrasèrent les gravillons. Sans défaire ma ceinture, je regardai par la fenêtre, sur le bas-côté, des arbustes fleuris plantés le long de la rivière. Nous approchions en douceur de la maison, dont la façade était en partie recouverte de lierre sombre, lorsqu'une lumière extérieure se déclencha au-dessus de la porte d'entrée : deux silhouettes sortirent. Moune gloussa, s'exclama d'abord sans mot comme si leur présence était une vraie surprise. Oh ! Ils sont là ! se réjouit-elle ensuite. Pris dans nos phares, les parents de Lise s'étaient mis à agiter joyeusement les bras comme s'il s'agissait de faire atterrir un avion sur une piste. Sa mère portait une tenue très campagnarde, bottes en caoutchouc, veste de chasse et casquette de tweed plate sur la tête, si bien que j'eus un peu de mal à la reconnaître.

À côté d'elle, en revanche, je reconnus sans mal le père de Lise, je le reconnus sans l'avoir jamais rencontré, son visage m'était familier, ses cheveux surtout, grosse masse frisée et blanche, mais aussi son nez pointu, ses lunettes, son sourire. Oui, ce sourire je l'avais vu souvent, à la télévision, dans les journaux ou sur les couvertures des magazines.

Le sourire de l'homme à qui la vie avait souri.

J'étais sorti de la voiture et je regardais Jean Delabaere.

Il était à quelques mètres de moi.

Les films qui avaient fait sa fortune, ces emballages plastiques dont on vantait la résistance, envahissaient depuis une vingtaine d'années le quotidien. Ils recouvraient la majorité des objets vendus en grande surface, protégeant tout ce que l'on touchait avant d'acheter. L'industriel était un homme charismatique très aimé des médias. Aujourd'hui, son groupe, le groupe Delabaere, s'était étendu à de nombreux domaines, le bâtiment, l'énergie, les transports. Je savais tout cela, comme j'avais su très tôt qui était le père de Lise – je veux dire que j'avais su dès le début que son père était Jean Delabaere – mais c'est en le voyant embrasser sa fille, dans son pull irlandais torsadé, que je me rendis compte qu'il n'avait eu jusque-là aucune existence réelle à mes yeux, comme si Jean Delabaere, au fond, avait été un son, un son plus qu'un nom.

J'aidai Moune à descendre de la voiture
– le chauffeur était là qui maintenait la portière ouverte – de sorte qu'elle me gratifia
d'un merci, mon chéri. Florence vint vers
moi, m'embrassa, bonsoir, mon chéri. Le
père de Lise s'approcha en me tendant la
main dans un large sourire de bienvenue.
Bonjour, Monsieur. Bonsoir, dit-il gaiement.
   La maison, silencieuse dans la nuit, était
une ancienne ferme au toit roux. Deux gran-
ges se déployaient de part et d'autre, perpen-
diculairement à elle. Devant la façade, sur
la pelouse où nous nous trouvions, des oies
hautaines semblaient commenter entre elles
notre arrivée. Des canards rôdaient discrètement mais, craintifs, n'osaient approcher. La
grand-mère de Lise marchait en écartant les
bras pour ne pas perdre l'équilibre. Florence

la suivait de près et venait d'allumer une cigarette. Claude – car j'appris que le chauffeur
s'appelait Claude – portait nos sacs. Jean
Delabaere, lui, gagnait plus énergiquement
la maison, légèrement cambré vers l'arrière,
ayant trouvé je ne sais où trois bûches qu'il
portait à bout de bras, la plus haute lui arri-
vant sous le menton. Lise, elle, avait disparu
sans que je m'en aperçoive. Je la retrouvai à
l'intérieur, enroulée sur le canapé du salon,
près de la cheminée qui répandait dans la
pièce un parfum d'automne.

Elle dormait.

Florence s'approcha de moi et me tendit
un verre de vin. C'est une habitude, me dit-
elle, c'est comme ça depuis qu'elle est toute
petite, dès qu'elle arrive ici, elle s'endort.

Le lendemain, je m'éveillai aux aurores. La
finesse des draps me donnait un sentiment de
luxe et une sensation de propreté. Comme je
n'avais pas fermé les volets en me couchant,
une lumière d'aube, grisâtre et raffinée,
entrait dans la pièce. Les murs, tapissés de

papier peint rayé, étaient un rien aristocratiques, un rien victoriens. Je disposai derrière moi deux gros coussins revêtus de toile de Jouy, l'un bourgogne, l'autre bleu, que j'avais la veille déposés à mes pieds. Je demeurai ainsi, confortablement installé dans le lit, assis, redécouvrant peu à peu la chambre à la lumière diurne, parcourant du regard, mais aussi mentalement, les choses qui s'y trouvaient, lampes, poupées, statuettes, cadres, tout un tas d'objets que je caressais en pensées, évaluant leur texture, leur poids, pressentant ce qu'ils provoquaient au toucher. Puis je quittai le lit et m'approchai de la fenêtre. Dehors, les canards dormaient encore sur la pelouse brumeuse. Au loin, invisible, le tintement sourd d'une petite cloche, de celles que l'on accroche au cou des moutons, se répétait inlassablement dans l'aube.

La chambre était située au bout d'un long couloir. Sur une commode au plateau de marbre veiné, une lampe était restée allumée pour la nuit. Il n'y avait personne. Le parquet craquait sous mes pas. Je descendis à la cuisine qui s'ouvrait sur une véranda claire et ouvragée. Là, la table du petit déjeuner était élégamment dressée. D'épais bols reposaient sur des sets couleur cuivre, des couverts d'argent brillaient sur de délicates serviettes au centre desquelles figurait une grosse fleur blanche, comme tombée du bouquet de marguerites placé au centre de la table. À côté du vase, une lampe tamisée éclairait, dans une panière doublée de tissu gris, un amoncellement de petits pains dorés. Je m'assis, presque accablé, plein d'envie, bras ballants, mais comme si je me trouvais dans un conte où une interdiction avait été prononcée, je ne touchai à rien.

J'entendis soudain des pas souples qui provenaient du salon et avançaient en direction de la véranda. Je me rétractai, me contractai, puis me levai, ne sachant plus quoi faire, pris de panique à l'idée d'être surpris en pleine méditation devant la table du petit déjeuner. Dans une robe de chambre légèrement soyeuse, Jean Delabaere apparut majestueusement, arborant le même sourire de bienvenue que la veille, surpris de me voir debout dans la cuisine de si bon matin. Déjà debout, dit-il d'une voix franche. Oui, répondis-je, et vous ? L'avenir appartient à ceux qui se lèvent tôt, proclama-t-il d'une solennité martiale, tu ne bois rien ? Si, si, dis-je, comme vous.

Jean Delabaere me servit un volumineux bol de café au lait. Nous bûmes ensemble, gorgée après gorgée, le liquide couleur boue.

Nous regardions dehors le ballet de deux écureuils qui se poursuivaient d'arbre en arbre, gracieusement mais non sans une certaine nervosité. Un oiseau vint se poser sur une branche, la berçant de son poids. Jean Delabaere se dressa comme un chien de chasse, s'immobilisa. Attends, me dit-il, ne bouge pas – et, soucieux de lui plaire, j'obtempérai, prêt à tout.

J'avais cessé de boire mon café au lait et tenais le bol entre mes mains. Il se leva lentement, disparut, puis revint peu après, une paire de jumelles autour du cou et muni d'un gros livre intitulé *Les Oiseaux dans le monde*. Il ôta ses lunettes et plaça les deux cercles des jumelles sur ses yeux, grimaça pour les ajuster, les retira, s'assit, déposa le livre sur ses genoux, l'ouvrit, remit ses lunettes, tourna calmement les pages, vérifia à nouveau dans les jumelles l'allure de l'oiseau puis dit, tiens, c'est bizarre, et il massa une barbe imaginaire, me sourit comme s'il redécouvrait soudain ma présence. C'est bizarre, répéta-t-il, je n'en avais jamais vu ici.

Je souris à mon tour.

Jean Delabaere avait l'air d'aimer les animaux.

Le premier cours que je dispensai à Lise eut lieu dans la piscine en fin de matinée. On va travailler, m'avait-elle proposé mi-figue mi-raisin, tout en cherchant pour moi un maillot de bain dans une armoire. Tiens, celui-ci t'ira très bien. Elle tendait devant elle cette chose qu'elle avait exhumée de l'ombre. C'est le plus petit, dit-elle, visiblement peu encline à chercher plus longtemps.

On m'observa avec tendresse lorsque j'arrivai aux abords de la piscine. C'est à peine si j'entendis Jean Delabaere remarquer qu'il reconnaissait là un de ses vieux bermudas. Où donc Lise avait-elle dégotté cette antiquité ?

Si l'air extérieur était encore frais, l'eau fumait et crachait une espèce de brouillard blanc. Florence se pencha, trempa la main et ressortit un thermomètre puis annonça 28 °C, oui, vingt-sept, vingt-huit, confirma Jean Delabaere qui se targua l'air de rien de l'avoir mise à chauffer pour nous la veille. C'est trop chaud, s'exclama Lise, puis elle lança sa serviette sur un banc, et ayant donné une sportive impulsion des pieds à l'ensemble de son corps, sauta tête la première dans le bassin. Plus posément, je descendis une à une les larges marches et, rentrant le ventre, pénétrai à mon tour dans l'eau chaude. La fumée qui s'échappait autour de moi rendait l'instant féerique. Je me demandai ce que j'avais fait pour mériter ces plaisirs. Je me mouillai prudemment la nuque.

Aussitôt, Lise se mit à nager vers moi avec malice. Je devançai alors l'assaut, m'élançai vers elle en poussant un cri et appuyai de tout le poids de mon corps sur sa tête qui s'enfonça. En apnée, elle tenta de s'emparer de mes pieds. J'atteignis les siens avant et sortis ses jambes hors de l'eau. Elle avait maintenant la tête vers le fond de la piscine et n'arrivait pas à atteindre la surface pour reprendre sa respiration. Je la laissai ainsi suspendue quelques secondes, elle se tortillait comme un poisson accroché à un hameçon, après quoi je décidai de la relâcher. C'est à cet instant que Jean Delabaere nous demanda sur quoi nous travaillions en ce moment.

Avec la lenteur et la sérénité d'un alligator, il était entré dans l'eau sans qu'on y prît garde. Il ne nageait pas vraiment mais flottait, presque miraculeusement, sans agiter les bras. Nous nous mîmes à nager comme lui, l'air de rien, glissant sans faire de vague, et chaque fois que nous nous croisions l'un l'autre, nous désamorcions d'un sourire très poli d'imaginaires conflits.

Imperturbable et serein, il reposa sa question. Lise resta très floue. On travaille sur le français, dit-elle dans une langue approximative, et dieu sait pourquoi, son père jugea bon de la titiller sur des questions d'étymologie pas vraiment au programme. Je découvris bientôt que cet homme excellait dans la science de la filiation des mots, il posait des questions à sa fille avec frénésie, presque avec compulsion malgré la moue dubitative de mon élève. Il l'interrogeait parfois sur un nouveau mot sans attendre la réponse du précédent, de sorte que je compris que ce qu'il disait n'était finalement pas destiné à Lise mais à moi. Connais-tu, ma chérie, l'étymologie du mot *tennis* ? Nous évoquâmes les Anglais, le jeu de paume qu'ils nous avaient copié en disant « tenez ! » au moment du service. Tenez ! confirma Jean Delabaere en prenant l'accent d'outre-Manche. Bref, s'engageait entre lui et moi une joute verbale. Nous nous renvoyions la balle, oui, nous jouions, bien qu'une légère angoisse, malgré nous, accompagnât ces échanges. Parfaitement bilingue en anglais, mon adversaire se révéla également être un très bon latiniste, doublé d'un helléniste chevronné, se délectant des racines grecques ou romaines comme s'il s'agissait de petits biscuits apéritifs. Lise finit par sortir de l'eau.

Elle était allée ramasser sa longue serviette, puis après l'avoir déployée dans son dos en écartant les bras, elle l'avait serrée devant elle comme un châle. Elle reniflait de temps en temps et frissonnait, séchant parfois le bout de son nez entre ses doigts. Maintenant assise sur le banc, elle nous regardait, Jean et moi, avec cette circonspection froide des arbitres. Mais bientôt, l'air rêveur, elle inclina la tête et enroula ses cheveux en une éphémère queue de cheval, qu'elle ramena vers son oreille et entortilla jusqu'à ce qu'elle prenne l'apparence d'une corde, la pressant pour en extraire la moindre goutte. De toute évidence, elle ne comptait pas les points. Dommage, car des points, j'en marquais, je ne sais pas trop comment d'ailleurs, j'étais touché par une grâce prodigieuse, opportune, et trouvais en moi des ressources ignorées.

Et l'étymologie du mot étymologie ? demandai-je soudain. Il me regarda avec anxiété. Comment ? dit-il pour gagner du temps. Conscient de l'impolitesse d'une telle démarche, je répétai somme toute ma question. Oui, l'étymologie du mot étymologie, dis-je, et je me mis à nager autour de lui. Il se grattait la main, cherchait en se pinçant les lèvres, disait des *alors* qui n'étaient suivis de rien, puis répétait ma question en laissant traîner les mots dans sa bouche, alors, l'étymologie du mot étymologie, non, je ne vois pas, dis-moi. Triomphant, j'annonçai la réponse puis me tournai vers l'arbitre. Mais Lise avait disparu.

Elle reparut quinze minutes plus tard, en jupe et chemisier blancs. Elle avait dans les mains un pot de confiture et une petite cuillère. Elle alla s'asseoir sur un muret. Elle dévissa le couvercle et plongea la cuillère dans le pot, puis avec application, elle déposa un peu de gelée, orange et fondante, presque sirupeuse, en tapotant sa cuillère sur la pierre. Je m'approchai d'elle. Je lui demandai ce qu'elle faisait. Sans me regarder, elle me répondit qu'elle élevait des coléoptères. Puis, relevant la tête, elle chercha quelque chose dans l'air, suivant du regard l'hypothétique arrivée d'un scarabée. Je m'assis à côté d'elle, songeur.

Mon amour était encore peu de chose. C'était comme s'il se cachait, qu'il attendait, tapi, secret. Lise n'avait que quinze ans. Qu'elle fût mon élève ajoutait à l'interdit, augmentait ma honte et développait en moi la crainte d'un châtiment. Je repensais parfois à l'histoire d'Abélard et Héloïse (ce n'était pas une bonne idée), même si, maintenant que je le connaissais mieux, j'imaginais mal Jean Delabaere entrer dans ma chambre un couteau à la main.

De son côté, Lise semblait avoir pour moi une affection sincère, même si j'avais vite compris que l'absence répétée de ses parents n'y était pas étrangère. Ce qu'elle aimait avant tout chez moi, c'était que je sois là.

Au cours de la semaine suivante, je perdis d'ailleurs un peu d'intérêt à ses yeux.

Ayant toujours rêvé d'avoir un chien, Lise parvint, après de longues négociations avec ses parents, à obtenir un chat. C'était un persan gris clair au poil long dont le nez rentrait à l'intérieur de la figure. Il avait de grands yeux bleus. Elle l'appelait mon amour. C'était peut-être idiot d'être jaloux d'un chat.

Elle éprouva quelques difficultés à comprendre ce qu'il acceptait de manger. Elle le trouvait délicieusement snob. Elle le nomma Pacha, sans doute à cause de son désir d'avoir un chien.

Je n'avais jamais vu de chat s'asseoir dans un canapé. Je dis bien s'asseoir, car Pacha ne se couchait pas, il posait ses fesses sur le siège, son dos et sa tête sur le dossier du fauteuil, et s'il était à son aise, il croisait les pattes avant sur l'accoudoir, l'une sur l'autre, la gauche servant d'appui à la droite. Il relevait la tête et semblait attendre qu'on lui apporte un verre de cognac. Toute la famille était autour de lui. On trouvait qu'il était *so chic*. Il faisait déjà partie des meubles.

On riait.

Pour fêter son arrivée, les Delabaere m'invitèrent un soir à rester dîner après le cours. Lise trouva que c'était une bonne idée. Puis, prise d'un bâillement, elle se plaignit que le repas allait encore durer des heures. Elle descendit prendre une douche.

Leur appartement était situé dans un ancien hôtel particulier de la rive gauche. Du dernier étage, entre chien et loup, je pouvais voir la ville qui se déployait. Au loin, la tour Eiffel venait de s'éclairer. Dans le salon, Jean Delabaere était assis dans un fauteuil crapaud face à Pacha. Les jambes croisées, il lisait le *Financial Times* avec une attention soutenue. Devant lui, la presse internationale s'étalait sur la table basse. Il laissait parfois le téléphone sonner dans son bureau, refusant de répondre, prétextant qu'à cette heure-ci, ce devait être les Américains.

Lise reparut dans le salon. Ses cheveux humides étaient ramassés en chignon sur sa nuque. Nous passâmes à table. Je pris la serviette posée devant moi sur l'assiette, mais je ne sus qu'en faire. Je souris. Voilà. Je commençai à me poser tout un tas de questions, et étonnamment celles-ci ne m'étaient pas venues à l'esprit quand j'étais à la campagne. La présence de deux couteaux, de deux fourchettes et de trois verres compliquait les choses. Je jetai un coup d'œil sur le chat qui attendait, sagement assis à droite de ma chaise, et que discrètement j'essayais d'atteindre. Mais d'un mouvement de tête il esquiva ma caresse. Puis il me regarda offusqué en relevant le museau vers moi avant de fermer les yeux et de détourner la tête.

Les parents de Lise me mirent vite à l'aise. Ici aussi, Jean Delabaere mangeait avec les mains, il rongeait, rognait, suçotait. Florence avait ouvert une bouteille de Bâtard-Montrachet et me servait généreusement, si bien qu'au dessert, je ne me posais plus aucune question. Je caressais le chat que j'avais fait monter sur mes genoux, je lui faisais goûter mon île flottante mais il détournait encore la tête devant ma cuillère et faisait frémir ses longues moustaches en signe de résistance. Un vrai snob, m'exclamai-je, et je fourrai dans ma bouche la cuillère qu'il venait de me refuser.

À la fin du dîner, Florence retira de son paquet de Vogue une cigarette qu'elle alluma à la flamme d'une bougie. Il y eut une odeur sèche de papier brûlé et de tabac, un nuage blanc s'éleva au-dessus de la table, stagna, puis disparut dans la pièce. Elle souleva la bouteille de vin, l'inclina vers elle pour vérifier le niveau du liquide, remplit son verre. Maman, arrête de boire, supplia Lise. Florence tira sur sa fine et très féminine cigarette. Mais qu'est-ce que j'ai fait au bon dieu pour avoir une fille aussi réactionnaire ? Lise toussota ostensiblement. Heurk, heurk. Tu noircis mes petits poumons tout roses, dit-elle en posant sa main sur sa poitrine. Il y avait un peu de malice dans son œil. Quelle petite peste, répondit sa mère en ne levant qu'un sourcil, mais sévèrement, puis entraînant son menton, sérieux, arrogant, qu'elle semblait pointer vers sa fille. Elle aspira une nouvelle bouffée. Tu m'emmerdes, dit-elle, je bois – elle recracha la fumée –, je fume, de toute façon je ne veux pas mourir vieille. Maman, tu sais, c'est trop tard.

Un après-midi pluvieux que je venais lui donner un cours, Lise me présenta un jeune blondinet qui s'appelait Pierre. Pierre, ma foi, cela n'était pas très original pour un garçon. Il y avait entre eux une complicité pernicieuse, ils n'arrêtaient pas de ricaner, de parler de choses et d'autres, d'amis qu'ils avaient en commun. Je me demandais franchement ce qu'il foutait là, Pierre. Je le trouvais plutôt efféminé avec cette mèche sur le front qui abrutissait son regard. Et puis je sentais bien qu'il ne savait pas où mettre ses bras, ni même ses jambes ridicules et osseuses. Sa voix était si faible, si lente que je ne sais comment il faisait pour ne pas s'ennuyer lui-même, et de gêne, il se frottait les yeux dès qu'il parlait. Sur le canapé, je faisais des mamours à Pacha et lui chuchotais à l'oreille que c'était peut-être idiot d'être jaloux d'un gamin de quinze ans. Lise, elle, semblait ne se rendre compte de rien. J'avais envie de lui faire de grands signes, de la mettre en garde, mais contre quoi, m'aurait-elle demandé, contre quoi veux-tu me mettre en garde ?

J'appris que le jeune homme s'appelait Pierre de Quelque Chose, je ne sais plus de quoi. Pierre par-ci, Pierre par-là. Même après son départ, Lise me parla de lui, encore et encore, elle me disait combien il était drôle et touchant. Je lui demandai alors très posément si elle pensait que Pierre allait la faire progresser à l'école. Dans le cas contraire, je lui conseillais de se remettre au travail.

Elle me répondit qu'elle pensait que j'étais jaloux, et cette idée, je ne sais pas pourquoi, la fit littéralement se tordre de rire. Et mes joues de s'empourprer.

C'est à peu près à cette même époque qu'elle se fit percer les oreilles. Elle y accrocha d'étranges plumes jaunes ocellées de bleu qu'elle montrait à tous ceux qui entraient dans la maison, en inclinant fièrement la tête. Mais ces plumes colorées étaient le signe d'un changement plus profond. Son visage de jeune fille, un visage tout petit, lisse et pâlot, s'élargissait et se granulait en se couvrant de boutons. Ses cheveux bientôt frisottèrent et s'épaissirent. Quand elle marchait, la masse de sa chevelure voletait, découvrant ses oreilles par intermittence. Oh, elle était loin d'être la plus jolie des filles de son âge, certes, mais elle ne m'avait jamais autant ému. On sentait qu'elle prenait sur elle cette métamorphose. Elle ne maîtrisait rien mais faisait comme si, comme si c'était merveilleux de quitter l'enfance, de devenir une femme, de porter des boucles d'oreilles, de s'acheter des talons hauts, des bijoux, des parfums, du maquillage et de belles robes pour embellir ce corps qui poussait de droite et de gauche, merveilleux enfin de pleurer, matin et soir, pour un rien.

Une fois la leçon terminée, elle me raccompagna sur le palier. La minuterie s'arrêtait au bout de quelques secondes. Régulièrement,

Lise appuyait sur l'interrupteur. Avec son genou, elle empêchait la porte de l'ascenseur de se refermer. Elle ne voulait pas que je m'en aille. Elle voulait que je l'écoute. Elle me parlait de Pierre. Ce garçon, selon elle, était très beau. Elle ne comprenait pas ce qu'ils faisaient ensemble. Elle parlait d'une voix chevrotante. Moi, je suis moche, dit-elle, et sans pudeur elle se mit à pleurer, comme une enfant, en grimaçant. Tu es très belle, rétorquai-je (j'en profitais pour lui faire de petites déclarations, l'air de rien) mais elle pleura plus encore après m'avoir écouté, secouant la tête pour dire non, non, vraiment, je ne comprenais rien. Elle se jeta soudain dans mes bras et posa sa tête contre moi. Elle ne retenait toujours pas ses sanglots, bien au contraire, elle semblait se vider de larmes, le nez morveux, luisant, elle pleurait encore, pleurait toujours, sur moi maintenant, sur mon pull. Pour la première fois de ma vie, je décidai de poser ma main sur ses cheveux tirés en arrière. Mmmh, dit-elle enfin, et elle hoqueta avant d'ajouter, comme si ce n'était pas la première fois de ma vie que j'accomplissais ce geste, j'aime bien quand tu poses ta main sur moi, elle me fait penser à celle de mon père.

Je retirai ma main.

À la campagne, nous avions maintenant nos petites habitudes. Jean Delabaere me retrouvait à l'aube autour de la table du petit déjeuner, ou bien c'était l'inverse, je mettrais ma main à couper que nous étions dans une sorte de compétition lui et moi, à qui serait le premier dans la cuisine.

Nous faisions ensemble griller du pain avec connivence. Nous sortions du réfrigérateur tout un assortiment de petits pots, du tarama rose, de la tapenade noire, des rillettes de thon, mais aussi des triangles de Vache qui rit dans leur papier aluminium avec leur languette rouge, des tranches de saumon orange à l'aspect légèrement huileux. C'était une promesse de festin à l'heure où les femmes dormaient encore, une sorte de cachotterie, un plaisir bien masculin que nous partagions en secret, une sorte d'entente, voire d'amitié virile autour de notre café au lait car c'était comme si ce florilège de saveurs salées n'avait rien à faire là, et, depuis le jour où j'avais pénétré dans cette maison, j'aimais bien les choses qui n'avaient rien à faire là.

J'attendais ensuite que Lise se réveille. Ensemble, avant de nous baigner, nous allions donner quelques morceaux de pain dur aux ânes, ramasser des œufs de cane ou courir derrière les moutons. Florence nous accompagnait parfois, très fière que le Bignon-Mirabeau soit, selon ses mots, le « paradis des animaux ».

En passant devant la piscine, ce matin-là, nous vîmes un crapaud qui flottait sur le dos, les pattes raides, le corps enflé. Je m'agenouillai sur le rebord dans l'idée de repêcher le pauvre animal, tout en me demandant comment il avait pu se noyer (c'était comme si un oiseau soudain ne savait plus voler), mais Lise me devança, et avant que je n'aie le temps d'atteindre la surface de l'eau, elle plongea sa longue épuisette dans le bassin pour ramasser d'un lourd mouvement de cuillère le corps vert du crapaud. Un prince charmant de moins, dit-elle lorsque, à hauteur de mes yeux, celui-ci disparut, s'effondra, se décomposa dans l'épuisette en un petit tas nauséabond qui se mit à goutter, verdâtre.

Elle s'esclaffa, heureuse d'être surprise par la nature. J'aurais adoré que tu le prennes dans ta main, pour voir ta tête !

Le dégoût se lisait sur mon visage.

L'odeur du bassin devint nauséabonde. Nous décidâmes d'attendre le lendemain pour nous baigner.

Nous nous étions installés à l'étage, dans sa chambre. Son bureau était un secrétaire étroit peu propice au travail. Lise se levait d'ailleurs régulièrement et allait chercher dans un vieux coffre ce qu'elle appelait ses souvenirs d'enfance, une lettre adressée à ses

parents alors qu'elle était en colonie de vacances, un robot qu'elle avait fabriqué avec du
bois et des clous, un journal intime dont elle
avait perdu la clé, une écorce en forme de
loup, bref, tout était prétexte au divertisse-
ment. Je la regardais déballer ses affaires
– elle voulait me donner tout ce qu'elle sortait – lorsque soudain elle cessa de fouiller.
Elle se redressa et m'observa. Elle trouvait
que je n'étais pas à ce que nous faisions.

Elle n'avait pas tout à fait tort. J'étais ailleurs. Les grandes vacances approchaient. Je
n'allais plus la voir durant deux mois. Si je
pouvais supporter l'éloignement, je craignais
en revanche qu'elle oublie mon existence,
pressentant que nous avions tous deux, par
notre différence d'âge et notre expérience,
des perceptions du temps sensiblement dis-
semblables. Par exemple, j'avais constaté
qu'elle pensait assez peu à la mort quand,
pour ma part, je me réveillais tous les matins
en me demandant ce qui pourrait bien se
passer le jour où je ne me réveillerais plus.
Car je savais, moi, qu'un jour je n'existerais

plus. Qu'un jour les fleurs frémiraient et que je ne serais plus là pour les voir. Et, curieusement, cette pensée me donnait envie de mourir, mais de façon métaphorique seulement, presque poétique, je voulais ne plus exister dans ce monde-là, ce monde où l'on meurt, et il m'arrivait de crier, de trépigner, non, pas moi, pas mourir, pas possible. Les jours où j'étais plus serein, je me disais qu'il se pouvait qu'une ou deux personnes, par mégarde, ne meurent pas, qu'on les oublie ou quelque chose comme ça, et évidemment – c'était proche de l'intime conviction, comme j'étais convaincu de la non-existence de Dieu, je n'avais même pas besoin de le prouver – je serais de ceux-là. Je m'engageais même à ne pas le crier sur tous les toits, à ne pas fanfaronner pour ne pas faire de jaloux, à rester peinard sans emmerder personne avec mon éternité, à disserter seul dans mon coin sur le temps qui passe. En fumant une cigarette, un léger rictus au coin de la bouche peut-être. En contrepartie, je voulais bien, si c'était le prix à payer, ne jamais gagner au loto, vieillir un peu, voir mes amis mourir, m'ennuyer, perdre gentiment la tête et passer quelques minutes de plus à chercher les clefs de ma voiture (car quand je me projetais ainsi dans l'éternité, j'avais fini par acheter une voiture).

Lise attendait devant moi, son écorce à la main. Alors, qu'est-ce qui t'arrive ?

Je lui répondis que ce n'était rien, que j'étais fatigué. J'avais mal dormi. J'avais fait des cauchemars, voilà tout. Elle ouvrit grand les yeux. Elle s'enthousiasma. Oh, dis-moi, raconte ! Je suis trop forte en interprétation ! Par exemple, si tu rêves de mort, ce n'est pas prémonitoire, ou si tu poursuis un serpent ou, non, attends, si un serpent te poursuit, ça veut dire, heu... S'il te mord... Je sais plus, mais j'ai un livre ! Alors, raconte !

Il y a des nuits dont on ne se réveille qu'à moitié, lui dis-je. J'expliquai que c'était comme si une partie de moi était restée coincée dans mon rêve et une partie du rêve en moi. Elle m'écoutait, me semblait-il, avec intérêt. Elle avait toujours la bouche triste lorsqu'elle m'écoutait intensément, c'était même grâce à cela que je remarquais sa concentration, grâce à la tristesse qui pesait sur ses lèvres. De crainte qu'elle me demande plus de détails sur le contenu de ce rêve, je détournai la conversation et lui parlai soudain du *Baiser de l'Hôtel de Ville* de Robert Doisneau, dont elle avait une reproduction sur son bureau, la petite carte postale posée là contre le pot à crayons. Je lui expliquai que ce n'était pas un cliché pris sur le vif mais une mise en scène qui tendait à reproduire une espèce de réalité, instantanée et naturelle. Les amoureux n'étaient peut-être même pas de vrais amoureux.

Mais bien sûr, dit-elle avec agacement. Tu dis n'importe quoi, en plus c'est une carte postale que Pierre m'a envoyée.

Elle vint se rasseoir, reprit son stylo, faisant mine de se mettre au boulot, m'intimant tacitement l'ordre de travailler. On ne nourrit pas les cochons à l'eau claire, dit-elle.

Un peu plus tard dans l'après-midi, alors que je flânais seul dans le jardin, je surpris Jean Delabaere une carabine dans les mains. Il visait quelque chose sous un saule pleureur. Je m'approchai en me bouchant prudemment les oreilles. La détonation résonna dans le silence du Bignon-Mirabeau. Son pied trifouillait maintenant ce qui restait du monticule dans lequel il venait de tirer. Il en sortit un morceau de terre qui se révéla être une adorable taupe grise, les pattes terrorisées et raides sur le torse. En plus d'être aveugle, l'animal, s'il n'était pas mort, devait maintenant être sourd. Je ne l'ai pas touchée, dit-il en lançant au loin le corps mou et presque gélatineux, c'est la détonation qui l'a tuée. Il sourit.

Le lendemain, l'odeur du crapaud mort avait disparu. J'étais embusqué sous mon chapeau de paille dont les bords grillageaient mon visage et dessinaient sur lui un damier d'ombre et de lumière. Lise portait de larges lunettes noires. Installée sur un transat, elle ouvrait les mains comme si elle voulait que le soleil noircisse ses paumes. Je regardais ses jambes graciles et duveteuses, déjà halées, qui frémissaient parfois pour chasser une guêpe invisible.

À quelques mètres de là, sur un autre transat, Florence paraissait dormir, les mains le long du corps. Je me levai et m'avançai vers le bassin où le soleil éblouissant se reflétait. Tout était d'un blanc intense, il n'y avait pas la moindre couleur, à peine quelques reflets irisés, ou bleu pâle. Je savais que j'allais

d'un instant à l'autre sauter dans ce bain in-
colore.

J'étais maintenant sous l'eau et déjà les bulles qu'avait formées l'impact remontaient à la
surface en picotant mon corps. À l'aide de
mes bras, par un mouvement inverse de
brasse, je parvins à rester au fond de la piscine. Durant quelques secondes j'eus envie
de demeurer là l'éternité, retiré et serein, dans
ce monde aquatique, silencieux, maternel,
étouffant : je décidai de remonter. Je recra-
chais l'air engoncé dans mes poumons sous
forme de grosses bulles sonores et tendais la
main vers l'ombre noire de mon chapeau qui
flottait à la surface.

Je compris que Lise avait observé mon saut
et entendu le cri guerrier que j'avais poussé,
car elle pointa son index sur sa tempe et
tapota trois fois dessus pour me dire, dans
un langage des signes tout à fait compréhen-
sible, t'es cinglé mon coco. Elle m'avait
regardé. Je souris. Loin de moi l'idée de vouloir attirer son attention, j'avais seulement

depuis peu des plaisirs enfantins. La main en visière pour se protéger du soleil, sa mère me regardait aussi du coin de l'œil. Son corps envisagea de se relever puis se ravisa. Et elle se mit à rire, d'un rire rauque et tendre à la fois. Je compris, à cet instant, qu'elle savait, oui, elle savait, et cela ne semblait pas lui déplaire, que j'étais amoureux de sa fille.

Je vais faire un tour en forêt, annonçai-je solennellement, qui m'aime me suive ! Lise se leva d'un bond, et après avoir ôté ses lunettes, me rattrapa à petits pas sautillants, s'approcha de mon oreille et y susurra qu'elle ne m'aimait pas mais qu'elle voulait bien faire un tour en forêt si on y trouvait des sangliers.

Sur le pont de bois, nous croisâmes Moune qui marchait comme une enfant, manquant de tomber à chaque pas. Furtivement, je me dis que la mort avait fini par l'oublier. Son visage s'illumina en nous voyant et se déforma dans un sourire. Ça va, les enfants ?

Nous traversâmes le champ aux ânes, qui nous regardèrent passer avec lassitude. La barbe hirsute, ils cessèrent de mastiquer, attendant de voir combien de temps durerait notre intrusion. Nous courûmes dans les herbes folles. Nous arrivâmes devant une clôture. Lise enjamba le fil de fer barbelé. Comme elle était encore en maillot de bain, je lui demandai si elle ne voulait pas aller mettre un pantalon. Elle me répondit que ce seraient ses mollets qui feraient mal aux ronces, pas le contraire. Je prenais soudain conscience, maintenant que nous étions à l'ombre des arbres, loin de la piscine, que l'herbe chatouillait nos pieds, combien ce maillot était devenu impudique. Il collait sa peau et révélait de manière bien plus gênante que tout à l'heure le dessin de ses seins. Mais Lise ne semblait pas s'en préoccuper, elle bombait le torse courageusement, n'ayant pas perdu de vue que nous allions affronter un terrible sanglier. J'enjambai à mon tour la barrière en évitant que mes longues jambes s'accrochent aux étoiles de fer. Nos pieds écrasaient les petites brindilles qui jonchaient la clairière. Nous aurions dû mettre des chaussures, chuchotai-je.

Alors que des fourrés nous barraient le passage, Lise me dit qu'elle aimait bien l'aventure avec moi, puis, avec douceur, elle approcha une main de ma joue comme si elle s'apprêtait à la caresser. C'est joli, dit-elle en soulevant délicatement entre ses doigts une mèche de cheveux, avec la lumière, on dirait des fils d'argent. Soudain, nous vîmes, à trois mètres devant nous, cinq sangliers gris-brun qui trottaient l'un devant l'autre. Le cortège était bruyant. Nous entendions les soufflements lourds des bêtes et le bruit sourd de leurs pas dans les feuilles. Je me tournai vers Lise. La bouche grande ouverte, elle poussait un cri silencieux. Ses yeux brillaient.

La famille sanglier disparut, imperturbable, dans le bois.

De retour dans la maison, nous racontâmes avec empressement notre expédition. Moune était aux anges et tapotait les paumes de ses mains entre elles. Jean Delabaere, lui, n'avait jamais vu de sangliers dans le coin et s'en étonnait un peu. Les sangliers, de surcroît, ne se promenaient que rarement en famille. Je me demandai s'il ne croyait pas à une plaisanterie, voire à un mauvais tour que nous lui jouions, pour le tester. En se grattant la tête, il ouvrit un gros livre, *Les Sangliers dans le monde*. Il souhaitait qu'on lui décrive le genre de bête que nous avions rencontrée. Lise se mit à quatre pattes sur le sol de la cuisine et souffla bruyamment avec son nez. J'optai, moi, pour un croquis que je lui tendis fièrement. Il l'inspecta en fronçant le sourcil.

Vers midi, nous déjeunâmes dans le jardin, autour d'une table ronde que Florence avait recouverte d'une nappe constellée d'abeilles. À la fin du repas, Jean Delabaere mit les mains derrière la tête, il semblait repu, et tout en se balançant sur sa chaise d'avant en arrière dit, bon, ma chère Lise, que veux-tu faire cet après-midi ? Lise haussa les épaules avec détachement. Il restait une part de gâteau au chocolat que sans doute personne, à part elle, ne voulait manger.

Tu sais que l'on peut faire tout ce que tu veux, renchérit-il pour attirer son attention. Je te propose par exemple de construire une cabane dans un arbre, tiens, celui-ci, c'est le plus haut du jardin, ou un lancé d'œufs, il suffit de fabriquer une cible dans l'atelier, ou un saute-mouton, avec de vrais moutons.

Une balade en hélicoptère, du saut à l'élasti-que... Je sentais qu'il était prêt à tout pour obtenir l'amour inconditionnel de sa fille.

On peut aussi aller plus simplement voler la barque des voisins. Ce ne sont pas les idées qui manquent, tu vois, et n'oublie pas que dans la vie, ma chérie, tout est possible.

Peut-être parce qu'elle venait de fourrer la dernière cuillerée dans sa bouche, Lise se redressa sur ses coudes, pencha la tête, sem-bla réfléchir à la dernière proposition. Ah oui, c'est bien, ça, dit-elle. Moune sourit avec béa-titude, ravie, ho, ho, voler la barque des voi-sins, et elle tapa dans ses mains. Florence gloussa. N'importe quoi, dit-elle en remplis-sant son verre de vin, il est fou ton papa, et je compris qu'il n'en fallait pas plus pour pro-voquer Jean Delabaere. Pouvait-on douter qu'il réalise ses idées les plus folles ?

Une dizaine de minutes plus tard, nous nous retrouvâmes donc au bord de la rivière qui éventrait le jardin. Lise avait insisté pour que l'on ait une tenue de camouflage digne de ce nom. À ma grande surprise, tous avaient applaudi. À pleines mains, nous trifouillions avec entrain au fond de l'eau pour extraire des poignées de boue avec laquelle nous nous recouvrions les joues. Florence réajusta la feuille de nénuphar que Moune avait sur la tête, Lise passa une dernière main pleine de vase dans mes cheveux tandis que Jean Delabaere, dans son coin, se taillait à l'aide d'un canif une sorte de couronne de branches tressées. Nous montâmes ensuite tous les quatre dans notre barque en essayant de répartir le poids de nos corps et redonner un peu de stabilité au petit bateau. Moune avait souhaité partir à pied en éclaireuse, elle marchait déjà le long de la rive en s'accrochant fébrilement aux branches, son nénuphar sur la tête.

Silence, ordonna soudain Lise juste avant de sauter tout habillée dans l'eau fraîche, un rien marécageuse. Putain c'est froid, c'est froid, ajouta-t-elle en faisant mine de remonter mais ne pouvant s'empêcher d'extérioriser par des ricanements la grande joie qu'elle éprouvait. Son père me confia une pagaie avec un sérieux désarmant, il en garda une pour lui, et, peu à peu, nous fîmes avancer mélancoliquement la petite embarcation.

Lise nageait en tête et serrait entre ses dents, tel un chien, la corde fixée à la proue. Son père donnait de discrets mais virils coups de rame à gauche qu'aussitôt je devais répercuter à droite, essayant de mettre chaque fois la même intensité que lui pour éviter de tourner en rond. Sur la berge escarpée, Moune nous faisait des signes d'Indienne assez incompréhensibles.

La maison des voisins apparut à travers les arbres. Jean Delabaere avait vu juste : une barque semblable à la nôtre était reliée de manière assez sommaire à un ponton. Avec souplesse, Lise parvint à se glisser à l'intérieur. C'est alors que je crus voir une ombre. Attention, chuchotai-je, ennemi en vue et, secoués de ricanements contenus, nous nous baissâmes comme un seul homme. Fausse alerte, dit Moune qui, cachée derrière un tronc d'arbre, prenait son rôle très à cœur. Nous relevâmes alors prudemment la tête. Lise, à l'horizontale sur les deux bancs de nage, s'occupa de défaire le lien qui rattachait la barque à son piquet. Je sentais que la boue sur ma figure commençait de sécher, de se craqueler en de fines plaques de terre qui devaient morceler mon visage, et c'est à ce moment précis, où tous les regards se portaient sur Lise, où la tension était à son comble, où les souffles étaient suspendus, que j'eus soudain l'envie de pleurer.

À l'amour naissant que j'éprouvais pour Lise venait désormais se mêler un autre désir insensé, analogue, qui par bien des aspects ressemblait à un aberrant caprice, celui de ne plus jamais me séparer de ces gens-là.

Les Delabaere invitèrent le soir même les voisins à dîner. Durant tout le repas, nous bavardâmes comme si de rien n'était. À table, le père de Lise exposait avec le plus grand sérieux ses nouveaux projets de développement. Parallèlement à cette conversation, je sentais qu'une complicité familiale, tacite, se tissait entre nous à mesure que persistait notre silence sur l'affaire de la barque. Au moment où les convives voulurent prendre congé et rentrer chez eux par la route, Florence leur barra le passage. Votre carrosse vous attend, dit Lise d'une voix empruntée. Et, sans bien comprendre ce qui se passait, nos invités furent conduits vers la petite cascade. Ils repartirent ébahis dans leur somptueuse embarcation, ornée de liserons des champs et parée de bougies qui projetaient maintenant des ombres mouvantes dans les peupliers et les saules pleureurs.

C'est facile de passer du bon temps quand on a de l'argent, dit ma mère.

J'étais arrivé à Orange en début de soirée. La dernière fois que j'avais vu ma mère, elle m'avait dit que j'avais grossi. Cet été-là, peut-être parce que nous ne nous étions pas vus depuis un an, elle s'était arrêtée immédiatement dès que j'étais sorti de la voiture, elle m'avait dévisagé et avait éprouvé le besoin de me dire que j'avais vieilli. Que pouvais-je répondre ? Oui, oui, j'ai vieilli, maman, et figure-toi que ça va durer, après quoi je finirai par mourir. Non, il n'y avait rien à ajouter, c'était le bon sens qui s'exprimait par sa bouche. D'ailleurs, n'avait-elle pas vieilli elle aussi ? N'étais-je pas mal à l'aise devant la prolifération des mèches blanches dans sa chevelure ? N'étais-je pas troublé par l'épaississement de son visage ? Ses cernes, en effet, étaient boursouflés, mais ce n'était pas de colère ou de fatigue, non, pas cette fois-ci, ou bien c'était l'accumulation de colères et de fatigue qui était la cause de cette bouffissure, de ce gonflement des chairs qui ne quitterait désormais plus sa figure. Elle fit la grimace en m'embrassant, comme si ça la dégoûtait de voir son petit garçon devenir un homme.

Mon père assistait généralement à nos retrouvailles en silence. Il s'était depuis longtemps fait greffer des paupières dans les oreilles. Il s'était également cousu la bouche, au travers de laquelle il parvenait à fumer sa pipe d'écume, tirant de courtes bouffées silencieuses, m'envoyant sans doute des signaux de fumée pour communiquer avec moi.

Il devenait de plus en plus difficile d'avancer dans leur jardin sans se cogner aveuglément à une table, une chaise, un banc, sans se griffer à quelque plante exotique ou sans recevoir une branche dans la gueule. N'importe qui aurait pu croire que tout était laissé à l'abandon, or un soin particulier était apporté à ce bric-à-brac. C'était volontaire ce désir d'envahir, de tout envahir. Et lorsque je contemplais avec un sentiment de réserve cet amas compliqué de buissons, de frou-frou, ce labyrinthe végétal, ces arbustes, ces broussailles multicolores, je comprenais que j'étais entré de plain-pied dans la tête de ma mère.

L'été, Lise voyageait avec ses parents. Elle partait vers des destinations dont le nom faisait rêver un sédentaire comme moi. Dans la bibliothèque familiale, je retrouvai ce jour-là le gros *Atlas illustré de la Terre* qu'enfant je me plaisais à feuilleter. Je cherchais sur une mappemonde où était situé Zanzibar, lorsque mon doigt s'arrêta. Au-dessus de mon ongle, l'île verte avait la taille d'une fourmi. Je fis de nouveau le trajet en laissant mon index glisser sur le papier glacé. Il me fallait, pour arriver jusqu'à Lise, traverser la mer Médi-terranée, descendre la mer Rouge, enclavée, puis me jeter dans l'océan Indien. Je remontais à nouveau les deux mers, les redescendais, cherchant à réduire la distance qui nous séparait, Lise et moi. Ces va-et-vient étaient peut-être une façon de caresser pudiquement son visage.

À table, mes parents m'écoutèrent poliment durant tout le repas. Mais je sentais qu'ils ne partageaient pas mon enthousiasme pour l'archipel de Zanzibar. De surcroît, je m'interrompais souvent pour laisser passer un train.

Comme ma mère, j'avais toujours eu honte de vivre dans une maison en bordure d'une voie ferrée. Auparavant, jusqu'à mes treize ans, nous avions habité près d'une rocade, dans une H.L.M. blanche perdue au milieu d'autres tours blanches, toutes identiques. Nous avions déménagé le jour où un voisin était mort dans la cage d'escalier de notre immeuble, une balle entre les deux yeux. Nous avions fait nos valises. Il se trouvait que mes parents avaient économisé assez d'argent pour acheter cette maison près d'Orange, dans le Vaucluse, une jolie petite maison agrémentée d'un jardin. Le train passait tout près derrière. Presque dedans. Très vite, nous nous en plaignîmes, comme pour mieux oublier d'où nous venions. C'était là que j'avais vécu, jusqu'à mes vingt ans, dans cette maison où je regardais passer les trains.

Un matin de juillet, Lise me téléphona vers huit heures alors que je m'apprêtais à entrer dans mon bain, si bien que c'était la première fois que je lui parlais nu. Je te rapporterai du sable de Zanzibar, tu veux ? demanda-t-elle avec empressement. Oh oui, avais-je répondu comme si le sable me passionnait. Je ne savais pas que je pouvais ressentir autant d'enthousiasme, c'était une chose toute nouvelle, j'en avais même un peu honte. Ça coûte cher, dit-elle. Elle ne parlait pas du sable mais du temps passé au téléphone, alors elle me souhaita une bonne journée et raccrocha.

Je posai le téléphone sur la margelle du lavabo. Je regardai dans le miroir l'homme qui me regardait. C'était vrai que j'avais changé. Ma mère avait raison. Mes épaules s'étaient développées et étaient plus rondes qu'autrefois. Mon visage était parti dans une direction imprévue. Ma mâchoire s'était élargie. Sur mes tempes, deux ou trois cheveux blancs s'entortillaient. J'avais vingt-cinq ans et j'avais vieilli.

Je restai quelques instants à contempler ma main, dont la paume était tournée vers le plafond. J'imaginais qu'entre mes doigts du sable était en train de glisser et que cet écoulement me donnait une conscience nouvelle du temps qui passait. Lise était-elle en train de devenir ce qui me passionnait le plus au monde ?

Deux jours plus tard, je réclamai un silence complet dans la maison. J'écoutais la radio. Je tendais l'oreille en levant l'index pour mieux entendre. On répétait l'information en boucle. *Crash aérien... En mer Rouge... Un nombre important de Français... Aucun survivant... L'avion, abîmé en mer... Dans la mer Rouge.* Le journaliste précisait que s'ils n'étaient pas morts écrasés par le choc, les passagers avaient dû être mangés par les requins.

J'eus soudain le sentiment d'une amputation.
Je téléphonai.
Je téléphonai encore.

Ma mère me dit de ne pas m'inquiéter. Si Jean Delabaere était mort, ils le diraient à la radio. Et, ajouta-t-elle, ce serait plus qu'étonnant que les Delabaere prennent des avions qui s'écrasent.

J'attendis plusieurs jours avant d'entendre la voix de Lise. Un de ses camarades de classe se trouvait dans cet avion. Elle se demandait s'il avait été dévoré par les requins ou bien si c'était le choc qui l'avait tué. Je ne savais pas quoi lui répondre. J'imaginais la mer recracher des vagues rouges sur les plages égyptiennes.

C'est la vie, dit ma mère, que veux-tu !
Ne pas mourir.

Lise me rappela deux jours plus tard. Je ne sais ce qu'elle avait à toujours me téléphoner quand j'étais dans la salle de bains. Elle avait une voix étrange. Elle hoquetait. Je crus d'abord qu'elle pleurait.

Devine comment je t'appelle ? Devine comment je suis ?

Je collais le téléphone portable contre mon oreille. Je ne comprenais pas le sens de sa question. Je lui demandai si tout allait bien. Deux jours seulement s'étaient écoulés depuis l'accident d'avion mais elle semblait ne plus y penser. Elle était rentrée. Enfin, pas vraiment. Mais elle était en France, à l'Île d'Yeu (il fallait la suivre). Je finis par comprendre qu'elle ne pleurait pas. Au contraire, elle riait. Elle riait avant même de m'appeler. Qu'as-tu ? lui demandai-je passablement agacé.

Je suis toute nue, finit-elle par dire. Je fermai le robinet. Son rire donnait maintenant l'impression de se multiplier à mesure qu'elle riait, comme amplifié par d'étranges échos. Lise ? Elle n'était pas seule, d'autres voix se mêlaient à la sienne, des voix étouffées. On chuchotait derrière elle. Je tendis l'oreille. Lise ? Elle était nue et elle n'était pas seule. Une sourde inquiétude se diffusa dans mon corps, comme chaque fois qu'une parole était, de près ou de loin, liée au sexe.

Elles me chatouillent avec leur pinceau, dit-elle. Elle devait écarter le téléphone de sa bouche car plus son rire s'intensifiait, plus il s'éloignait. Je me sentais de trop. Pourquoi m'appelait-elle, au juste ? Pour me tenir à distance ? Elle essaya de se reprendre, formula d'abord quelques phrases inaudibles, avant de m'expliquer, c'était la raison de son appel, que ses cousines étaient en train de peindre son corps en bleu, et elles avaient écrit mon nom dans son dos – ton nom, dit-elle distinctement, elles ont écrit ton nom, dans un cœur.

Cet après-midi-là, je sortis plusieurs feuilles d'un très beau papier, couleur crème, rainuré horizontalement. Je pris mon stylo, écrivis dans la hâte. Ma chère Lise. C'est ainsi que commencerait ma déclaration d'amour. Cela fait longtemps que.

Je portai le stylo à ma bouche, le tétai du bout des lèvres, le suçotai, levai la tête. Rien ne venait.

Ma jolie Lise. Ma belle Lise. Lise. Jolie Lise. Lise. Ma très chère jolie Lise. Tu sais, Lise. Lise. Lise ! Hé, salut, Lise. Lise, ça va ? J'espère que tu vas bien. Ça fait longtemps que. Ça fait bien longtemps que. Lise. Comment ça va ? Ça fait longtemps, tu le sais, que.

Longtemps que quoi, au juste ? Ma jolie Lise. Ça fait longtemps que quoi ? Longtemps que je n'ose pas t'aimer mais que je t'aime ? Longtemps que je m'interdis de t'aimer ?

Je pris une nouvelle feuille. J'inscrivis la date.

72

J'étais rentré à Paris au début du mois d'août. J'habitais à cette époque un studio qui donnait sur le cimetière du Père-Lachaise.

Allongé sur mon lit, je n'aimais pas l'état de confusion dans lequel je me trouvais. Je réfléchissais à un lieu où me promener mais ne trouvais aucun quartier à la hauteur de mon désir, à moins que mon désir fût en réalité trop faible pour un tel projet. Je laissais mes pieds nus jouer naturellement entre eux, parfois se caresser avec tendresse. À force de me promener ainsi, en pensées, de quartier en quartier, je finissais par épuiser toutes les possibilités qui s'offraient à moi et constatais que je n'avais aucune envie de flâner. Or, la position dans laquelle j'étais continuait de m'agacer, mes jambes étaient nerveuses, alourdies par la chaleur moite de ce mois d'août. Je regardais par la fenêtre le ciel bas, laiteux, qui laissait place à quelques rares éclaircies aveuglantes. Allait-il pleuvoir ? Je n'aimais guère que la météo reflète ainsi mon état d'âme. Je préférais ressentir une profonde gaieté les jours de pluie et moisir de mélancolie sous un soleil de plomb. Aujourd'hui, le ciel me confortait pitoyablement dans mon indétermination.

Je pensais alors à différents amis avec qui me promener, refaisant avec eux le tour de la ville ou imaginant les cafés où nous pourrions aller. Je me représentais même si bien les diverses situations que j'en venais à projeter les conversations que nous aurions, qui changeaient selon les personnes, que j'adaptais grâce au souvenir d'autres conversations que nous avions eues, et bientôt il devint évident que les concrétiser ne servirait à rien puisqu'elles avaient lieu, déjà, dans ma tête.

Depuis quelques minutes, je fixais sans m'en rendre compte une mouche immobile sur la vitre. J'aimais ces instants où ma vie s'écoulait doucement : ma mort serait lente à venir.

Je souris d'aise.

La mouche s'envola.

La rue de la Huchette n'était pas vraiment une rue mais un décor de rue. Chaque jour, la même scène s'y répétait inlassablement. Aux mêmes moments, les mêmes mots étaient échangés, les serveurs des tavernes grecques vantaient les mérites de leur carte aux passants qui composaient une foule légèrement ahurie, légèrement égarée au milieu des débris d'assiettes et des bibelots à l'effigie de la capitale, l'affiche du Chat noir de Rodolphe Salis, les tee-shirts I ♥ Paris, les casquettes, les porte-clés, les bols, les sacs, autant de souvenirs inauthentiques sur lesquels étaient représentés la tour Eiffel ou d'autres monuments emblématiques de la ville. Mais c'est justement pour son animation incessante que nous venions, Lise et moi, de nous engouffrer dans cette rue.

Depuis la rentrée, nous nous promenions souvent dans Paris après son cours, parfois même pendant. Nous marchions silencieusement, côte à côte, sans autre but que de marcher tous les deux, cherchant à ressembler à ces couples que la flânerie suffit à rendre heureux.

Passé les enseignes lumineuses des restaurants, les deux tours de Notre-Dame apparurent au loin. Nous traversâmes la Seine. Sur le parvis de la cathédrale, nous tournâmes religieusement autour du *Point zéro des routes de France*, simple petit médaillon de bronze incrusté dans le sol où figurait une rose des vents. Lise, après un silence circonspect, sauta à pieds joints dessus puis la piétina.

À droite de Notre-Dame, nous vîmes que les grilles noires du square Jean XXIII étaient ouvertes. Nous entrâmes. Autour du kiosque à musique, cinq ou six enfants jouaient à chat perché sous le regard faussement détaché de leurs mères qui papotaient entre elles les bras croisés. Lise finit par s'asseoir sans rien dire sur un banc. Elle croisa les jambes. Depuis le début de l'après-midi, elle parlait peu, mais un imperceptible sourire ne quittait pas ses lèvres. Je m'assis à côté d'elle. Devant nous, quelques touristes photographiaient nonchalamment la Fontaine à la Vierge ou le chevet de la cathédrale, qui avec ses arches de pierre osseuses, ses grands arcs-boutants, avait l'allure d'un vaisseau immobilisé sur la Seine. Nous avions légèrement froid et nous étions bien. J'avais la sensation que, dans ce brouhaha d'après-midi, d'autant plus confus qu'aux voix étrangères, dispersées et bruyantes, se mêlaient les cris aigus des enfants, Lise et moi, par notre sérénité silencieuse, disparaissions progressivement. Alors, comme pour mieux ne plus être vue, après avoir tourné son visage vers moi, elle ferma paisiblement les yeux.

Il n'y avait plus que sa bouche, généreuse et charnue, sur son visage, tandis que la mienne, maigre et mesquine, s'approchait d'elle, qui paraissait d'ailleurs s'avancer également vers la mienne, comme aimantée, avec la même lenteur, et c'est avec mollesse qu'elles finirent toutes deux par se joindre.

Il n'avait rien de fougueux ce baiser, nos lèvres s'effleuraient seulement, se frôlaient à peine, continuaient de se caresser sans faille. Nos gestes étaient très légèrement empesés. Sans détacher mes lèvres de sa bouche, je me risquai à poser ma main sur son épaule. Elle atteignit à tâtons mon genou.

Nos bouches restèrent ainsi, immobiles, l'une contre l'autre.

Beurk, dit-elle, c'est dégueulasse ! Nous venions de commander un café à la terrasse de L'Esméralda, à l'angle de la rue du Cloître-Notre-Dame et du quai aux Fleurs. Elle prit de nouveau sa tasse, l'approcha de sa bouche, se ravisa, souffla, puis tenta à nouveau de tremper ses lèvres. Beurk.

Il n'est pas bon ?

J'aime pas le café, me confia-t-elle avec une étincelle dans les yeux. Et elle se mit à grimacer en sortant la langue. Beurk, beurk, beurk, j'aime vraiment pas ça. Pourquoi avait-elle commandé un café alors ? Un instant, je me demandai comment elle s'y prenait pour opérer ses choix dans la vie, et si elle était là, à côté de moi, parce qu'elle avait envie d'être partout ailleurs.

Je l'avais ensuite raccompagnée jusque devant sa porte, où nous avions échangé un autre baiser, furtif, craintif. Nous nous étions quittés presque sans dire un mot. Et maintenant, je marchais. Je marchais où le vent me menait. La suite de l'histoire serait compliquée. Nos dix ans d'écart feraient jaser, à coup sûr, mais je marchais. Sur le Pont-Neuf, je marchais.

Si vous approchez encore ma fille je vous tue, dis-je.

Lise haussa les épaules et leva les yeux au ciel. N'importe quoi, mon père ne dirait jamais une chose pareille.

En effet, Jean Delabaere se contenta de nous tendre les clés de la maison de Croix-de-Vie. Il insista sur les bienfaits de l'air océanique. Vous devriez profiter des derniers jours de beau temps, dit-il comme une évidence. Ça avait l'air de lui faire plaisir qu'on aille passer un week-end là-bas.

C'était une maison vendéenne pas très grande et toute blanche. Excepté les volets bleus, elle ressemblait à beaucoup de celles qui l'entouraient, mais contrairement à *Ker Louis* ou à *L'abri côtier*, autant que je me souvienne, elle ne portait pas de nom. Elle était sans prétention, et je compris que Lise l'affectionnait justement pour cela, pour sa simplicité.

Le matin, la place derrière l'église sentait le poisson frais, l'iode marin, l'essence de bateau, l'algue en décomposition. Tous les marchands criaient pour attirer le client, certains, en relevant leur chapeau sur leur front, montraient leurs tomates, leurs poivrons, leurs salades, leurs pommes de terre de Noirmoutier, leurs fraises, des fruits et des légumes rouges, jaunes ou verts, aux rondeurs souvent luisantes, tandis que d'autres faisaient goûter à la pointe d'un couteau dont la lame semblait rouillée de grosses tranches de saucisson. Lise s'arrêta devant un étal pour regarder avec un dégoût intéressé une poissonnière qui découpait, face à un attroupement patient, une raie gluante. L'opération achevée, elle se tourna vers moi, poussa un long soupir qui semblait dire sa fascination devant l'étrangeté et la viscosité du monde.

Elle eut ce geste, ce matin-là : de sa main droite, elle choisit une tomate, la plus ronde, la plus rouge qu'elle puisse trouver, et la brandissant, me la montra fièrement comme si c'était elle qui venait de découvrir la plus grosse du marché de Saint-Gilles et que cette tomate était son trophée. J'étais trop loin d'elle pour l'entendre (nous n'avions pas le même rythme mais ne nous perdions jamais de vue) et sa bouche silencieuse articulait d'une manière enthousiaste et exagérée, elle comptait sur ma capacité à lire sur les lèvres, et répétait : une salade de tomates ? Pour déjeuner, une salade de tomates ? Je haussai les épaules et souris devant le sérieux avec lequel elle sélectionnait les légumes. J'avais le sentiment qu'elle jouait à la cliente comme, jadis, elle avait dû jouer à la marchande.

Les doigts écartés, elle prit dans sa main un melon et leva celui-ci comme si c'était la tête d'un nourrisson, lentement et avec tendresse. Le fruit était rond et lourd, un peu jaune, un peu vert. Il était strié de côtes pistache légèrement granulées et légèrement lisses. Elle le considéra, l'évalua à distance, le soupesa : elle tenait le monde entier dans sa main. Soudain elle l'approcha de ses narines et le renifla afin de pressentir le sucré de son cœur.

Dans le coffre de la Citroën Méhari, voiture de plein air sans autre fenêtre qu'une bâche, les sacs en plastique s'agitaient et crépitaient sous le vent.

À midi, nous ramassâmes, cachées dans l'herbe du jardin, les pignes de pin tombées puis les jetâmes avec joie dans le barbecue qui s'enflamma de plus belle. Sur la grille encore grasse, léchée de longues flammes, je déposai les sardines qu'elle avait vidées avec un sadisme malin dans l'évier de la cuisine, leur fendant le ventre à l'aide d'une paire de ciseaux et trifouillant à l'intérieur avec ses doigts. À peine lâchai-je le petit papillon bleuté de leur queue qu'elles se mirent à frémir sous l'effet de la chaleur, à se contracter, à grésiller et leur œil à blanchir. La peau des poissons, semblable à du papier aluminium, se froissait sous mes yeux, multicolore et argentée. Après avoir dévoré les *pauvres poissons* (elle les appelait ainsi tout en faisant mine de les plonger goulûment dans sa gorge de phoque), ayant croqué, avec une gourmandise que je ne lui enviais pas, leurs yeux croustillants (une friandise, dit-elle en haussant les épaules), elle alla chercher un stylo et griffonna sur la nappe en papier, entourant les taches de graisse, dessinant des volutes. Puis elle chercha sa signature, la langue sortie comme chaque fois qu'elle écrivait ou dessinait – en l'occurrence, elle faisait un peu les deux. Elle me força ensuite à jouer au pendu – et je ne dirai pas les mots crus qu'elle voulut me faire trouver, pour me faire rougir probablement et devant lesquels j'avais préféré me pendre.

Plus tard, elle me certifia que ce n'était pas d'avoir mangé trop de sardines qui lui faisait mal au ventre. Son ventre était chaud. Son ventre de fille, me dit-elle.

Nous allâmes à la plage. Sur la route, nous enlevâmes nos chaussures et nos chaussettes, roulant celles-ci dans celles-là. Nous marchâmes dans le sable. Nous avançâmes, tennis en main, vers l'océan, qui semblait se bercer seul. Pantalon relevé sur les mollets, nous cherchâmes du regard, à gauche, à droite, un espace assez grand pour venir y déposer nos affaires, nos sacs, notre serviette, afin de marquer notre territoire, tentant de tenir une distance réglementaire avec nos voisins, qu'on salua de la tête, pour désamorcer le conflit et demander leur accord, tout en laissant entendre qu'on comptait bien s'imposer puisque nous dépliions nos serviettes devant nous. Tandis que Lise ôtait son pantalon et son chemisier, je plissais les yeux en interrogeant l'horizon.

Elle passa un doigt expert sous son maillot pour le remettre sur ses fesses puis courut à petits pas vers la mer, gambada.

Je n'allai pas me baigner. Je gardai mon pantalon retroussé, et à genoux, commençai à réunir avec mes mains un petit tas de sable.

La tête, puis les épaules. Un autre tas, le ventre, puis les jambes et les pieds. Deux pâtés pour les seins. Je passai ainsi une demi-heure à réaliser l'une de ces sculptures dont j'avais le secret et sur lesquelles, enfant, parce qu'elles étaient de taille humaine, je m'allongeais en simulant, d'abord pour faire rire puis plus tard par perversion, l'acte sexuel. J'essayai de modeler le visage de ma statue de sable afin qu'il ressemble un peu au sien. J'affinai les jambes, retirai du sable pour les rendre plus sveltes, creusai les hanches, enlevai aussi un peu de poitrine puis ramenai trois cailloux, à défaut de coquillages, que je plaçai par pudeur sur les aréoles des seins et le sexe de la sculpture. Assis près d'elle, face à la mer, en Pygmalion songeur, j'attendais maintenant que ma statue s'éveille. Je m'allongeai sagement à côté, mains croisées derrière la tête. Un gamin qui m'avait observé et qui paraissait très intéressé par mon art tenta une approche vers cette femme de sable mais il se fit vertement rappeler par son père.

Lise était sortie de l'eau en courant et,

dégoulinante, inspectait le gisant, tournait autour. Elle baissa la tête pour s'observer, rentra un peu le ventre puis demanda si je ne préférais pas l'original.

Lise faisait peu de cas de mes œuvres, c'était peut-être son seul défaut.

II

Au début de l'été suivant, elle me proposa de partir en voyage avec ses parents.

Excepté un baptême de l'air, à sept ans, dans un coucou rouge où ma mère me serrait la main, me disant, consciente du grand danger que nous encourions à voler ainsi dans le ciel, de faire bien attention, de bien me cramponner – je ne me souvenais que de cela à présent, de la peur sur le visage de ma mère, de la tension qui crispait sa main et de la gifle que j'avais reçue pour ne pas m'être bien accroché à la sangle – je n'avais jamais pris l'avion et j'en avais une peur bleue. Aussi, ce lundi-là, Lise m'accompagna à la gare de Bercy. Elle m'embrassa sur le quai. Tu es sûr que tu ne veux pas prendre l'avion avec nous ? Tu es sûre que tu ne veux pas prendre le train, rétorquai-je ?

Le lendemain, elle me téléphona d'Italie pour me dire qu'ils étaient tous arrivés, qu'ils m'attendaient impatiemment. Sa mère viendrait me chercher à la gare dès mon arrivée à Florence. Elle était ravie, la maison était très belle, je lui manquais déjà. Je lui dis qu'en ce qui me concernait, les choses n'étaient pas si simples, il pleuvait sur Melun. Oui, oui, Melun, elle avait bien entendu.

Papa dit que les jours où ça roule bien, Melun est à quarante minutes de Paris. Mais qu'est-ce que tu fais à Melun ? demanda-t-elle.

Ce n'était pas de ma faute. Le train avait pris feu. Le personnel des wagons-lits nous avait donné des couvertures et nous avions passé la nuit sur le quai. Ils avaient distribué des bananes et des bouteilles d'eau, nous ressemblions à des réfugiés. Mais j'avais bon espoir d'arriver le lendemain à la gare de Florence.

Mercredi, quatorze heures trente. Sur le quai du terminus, un panneau annonçait

Firenze Santa Maria Novella. Je tombais de fatigue. Je ne parvenais même plus à faire le lien entre ces deux noms, Firenze et Florence, à me rendre compte qu'ils reflétaient une seule et même réalité, et tirant ma valise dans la salle des pas perdus, j'aperçus soudain la mère de Lise. Sa présence me rassura, mais sa ponctualité malgré mon retard, son assiduité à être là, dignement, dans cette gare, pour moi, rien que pour moi, me bouleversa. Dès qu'elle m'aperçut, elle agita le bras très haut avec enthousiasme, mais elle n'osait avancer (oui, elle avait peut-être plus l'habitude des aéroports). Mon pauvre chéri, dit-elle. Et elle me prit dans les bras.

Florence, dis-je.

Chaque matin, j'avais deux bonnes heures d'avance sur Jean Delabaere qui, par lassitude sans doute, avait cessé de livrer bataille. Il se levait généralement vers huit ou neuf heures en s'étonnant d'avoir dormi si tard, feignant de ne pas comprendre ce qui se passait, accusant tantôt l'air des collines toscanes, tantôt le vin rouge de la veille d'avoir sur son sommeil un effet néfaste, non, non, vraiment, j'ai trop dormi, disait-il un peu embêté. Puis Lise et Florence arrivaient. Elles papotaient en prenant leur petit déjeuner dehors. Lise sortait un magazine. Lise lisait.

Au soleil.

L'herbe devenait sèche.

Les champs de blé coupés ras sur les collines ressemblaient à des dunes de sable. Les arbres étaient tellement noirs qu'ils paraissaient brûlés. À dix heures, je me réfugiais sur le banc de pierre accolé à la maison, sous la glycine grimpante. Vers onze heures, Moune faisait son apparition, guillerette, radieuse.

L'après-midi, je gagnais la cuisine à l'étage, à l'abri de la canicule. Des toiles de mousti-quaire aux fenêtres assombrissaient la pièce, laissant parfois filtrer un rayon de soleil plus dense qui, à son passage, colorait progressi-vement, dans des nuances de jaune, le sol carrelé. Dans cette pénombre inquiète, je croisais les mains derrière le dos pour appor-ter à mon corps une espèce de sagesse.

De quoi avais-je peur ?

Lise, à ma connaissance, n'avait qu'une seule phobie, celle des ophidiens. Aussi fus-je surpris, lorsque je la vis entrer en trombe dans la cuisine, de l'entendre crier qu'elle allait découper ce putain de serpent. Elle s'empara d'un gros couteau à pain puis repartit. Viens ! Je vais lui faire sa fête ! Je la suivis. Nous sortîmes et dévalâmes l'escalier de pierre lorsque, sous l'arbre, je vis s'avancer nerveusement un long serpent vert, ou marron. Il devait mesurer un mètre, peut-être plus, il paraissait glisser sur lui-même, sa petite langue mesquine et libidineuse entrait et sortait tel le mécanisme d'un jouet ancien. Pour se donner du courage, Lise cria avant de faire le moindre geste. Puis elle sauta en pliant les genoux, portant le couteau au-dessus de sa tête. Oua-tcha ! Le serpent n'avait rien vu venir. Dans un mouvement très japonisant, Lise avait tranché en même temps qu'elle disait *tcha* le cou du reptile – bien que le cou soit une partie difficile à distinguer chez cet animal.

Ses parents et sa grand-mère étaient très fiers. Ils la congratulèrent. Et lorsqu'ils s'aperçurent que le geste avait manqué de franchise, ils se réjouirent étrangement, surexcités de voir le pauvre serpent mal coupé qui se mouvait dans de douloureuses contorsions, cherchant à rassembler les deux morceaux de son corps mais n'y parvenant pas. Je la félicitai à mon tour, sans grande passion toutefois. Moi, je n'avais jamais réussi à affronter si froidement une araignée. À bien y réfléchir, j'éprouvai même à son égard une secrète antipathie. Mais ce sentiment n'était sans doute que pure jalousie. Et si j'étais jaloux, n'était-ce pas au fond de l'enfance qu'elle avait eue ? Une enfance heureuse, apaisée, sereine, une enfance dont l'innocuité avait des répercussions sur des choses infinitésimales de la vie quotidienne. Moi qui étais censé mener une vie d'adulte, en connaître l'ordre féroce, mais qui me noyais dans un verre d'eau, j'étais jaloux. Et observant Lise sous cette lumière nouvelle, son couteau à la main, je me demandais finalement si ce n'était pas ça que j'aimais chez elle, si ce n'était pas cela que j'étais venu chercher en elle, l'insane possibilité de recommencer mon enfance, ou ma vie, loin du chaos.

Au milieu de l'été, je ne sais quel impérieux désir s'était emparé d'elle. Lise avait à tout prix voulu rencontrer mes parents.

Mes parents, avais-je demandé, tu es sûre ? J'avais essayé de l'en dissuader. Puis j'avais fini par lui avouer que c'était des gens modestes, dans une maison modeste. Des trains passaient juste à côté de la maison... Je ne comprends pas, dit Lise. Des trains, dis-je, de vrais trains, juste devant la fenêtre de la cuisine. Non, dit-elle, je ne comprends pas ce que tu as, qu'est-ce que cela me fait qu'un train passe devant ta maison ou à l'intérieur ? Je veux rencontrer tes parents, c'est tout. Ce sont forcément des gens bien, ajouta-t-elle. Mais tu ne les connais pas... Tu as très bien compris ce que je voulais dire.

Nous restâmes plusieurs jours à Orange, une petite éternité. Lise était chez mes parents comme un poisson dans l'eau, ma mère aux anges (Lise, quelle simplicité, on ne dirait pas que tu es si riche), mon père chamboulé (Lise, tu aimes la viande comment ? Bleue ? Saignante ? À point ?), moi je comptais sur mes doigts les exploits qu'il réalisait, huit ou neuf mots à la suite sans sourciller. Tout se passait à merveille donc, mais ce n'était qu'en apparence. Je date en effet de ces jours-là ma première dispute avec Lise. Et si je n'en évoque pas le sujet, c'est que je ne m'en souviens pas. Sans doute une broutille.

Elle fit coulisser, en la soulevant, la porte du garage. J'enfonçai lentement la voiture. C'était la nuit. J'arrêtai le moteur et, alors qu'elle refermait derrière moi, je descendis du véhicule. Je vis aussitôt au sol, dans la pénombre humide, des dizaines de cafards à mes pieds, morts ou agonisants, grouillant mais immobiles, remuant, sur le dos et à tâtons dans le vide, leurs pattes qui telles des antennes s'agitaient, incapables de trouver ce qu'elles cherchaient. Je fermai la portière délicatement et quittai le garage en silence, pris d'une incompréhensible honte. Peut-être me semblait-il que j'étais en partie responsable de ce parterre d'insectes, justement parce que nous venions de nous disputer.

Je sursautai lorsque j'entendis un chat qui vint miauler entre mes jambes. C'était le gros chat roux et antipathique de mes parents. Mon dieu, il a l'œil crevé ! dit Lise qui venait de me rejoindre. Il a perdu son œil ! Il n'a plus d'œil ! La main sur sa bouche témoignait de son horreur. On aurait dit qu'elle voulait retenir les paroles qu'elle venait de prononcer. Effectivement, le chat avait la tête ensanglantée, son œil baignait dans son sang, et il poussait une plainte maladive qui ne disait rien qui vaille. Je crus voir, à la lueur du clair de lune, un trou à la place de son œil. Le sang était sombre, déjà un peu séché.

Passé le jardin, je ne parvins pas à ouvrir la porte d'entrée de la maison. Quelque chose dans le verrou semblait bloquer la clé. Et le chat plein de sang de se frotter contre mes jambes. Je décidai de cogner au volet de la chambre de mes parents, de l'autre côté de la maison. Après quelques minutes, le visage plissé de sommeil, ma mère vint nous ouvrir. Juste avant de lui annoncer que le chat était borgne, j'appuyai sur l'interrupteur mais, dans un claquement d'étincelle, l'ampoule grilla au-dessus de nos têtes. Alors je me tournai vers Lise, éperdu, l'esprit profondément troublé. Mon regard réclamait son pardon.

Elle me sourit.

Elle me sourit mais j'eus l'impression qu'elle n'effaçait pas tout de ce sourire. C'était un sourire poli. Ma mère allait apprendre dans quelques secondes que son chat avait perdu un œil. En me souriant, Lise faisait bonne figure, c'est tout. Elle n'oubliait pas notre différend, ou n'y pensait pas, non, elle pensait à l'œil du chat, et je lui en voulais de refuser de mettre fin à cette série de catastrophes dont elle avait, tout comme moi, été témoin.

Mon père nous avait rejoints, réveillé par ma mère qui était affolée par le diagnostic de

Lise. Ma mère croyait Lise sur parole. Car Lise ne perdait jamais son sang-froid, Lise était hors de tout soupçon, Lise avait toujours raison car elle était supérieure à nous. C'était ce que pensait ma mère. Ma mère n'oubliait jamais que les Delabaere, eux, étaient riches, et elle faisait le lien entre tout ça, et je la comprenais. Or, il se trouva que le chat, après les soins prodigués par mon père, n'avait plus l'œil crevé.

Lise s'était trompée.

Loin de ressentir quelque satisfaction vengeresse, je m'inquiétai de cette défaillance dans le jugement qui, de surcroît, avait été accompagnée de multiples marques de dégoût. Elle me confia, un peu embarrassée, pour s'excuser peut-être, que tout ce qui touchait aux yeux la rebutait. Pour la première fois, je n'avais plus devant moi la fille lucide et débrouillarde qui aimait prendre les devants et soigner avec enthousiasme les plaies des autres, ou lever la main lorsqu'on demandait qui voulait vider les sardines ou farcir le trou du cul d'un chapon. Alors pourquoi, cette nuit-là, venait-elle d'imaginer le pire, d'élaborer seule un scénario catastrophe et, sans le savoir, de prêcher le faux ? J'eus le sentiment que quelque chose avait pu déteindre sur Lise, comme si cette maison hantée de cafards agonisants dès son entrée ne pouvait qu'être néfaste aux êtres purs.

J'appris de la bouche de Lise qu'on me surnommait désormais Saint-Exupéry. Cette fois, on ne m'avait pas demandé si je préférais le train. Sans mon consentement, ses parents m'avaient réservé un billet d'avion. Je ne pouvais plus reculer.

Même Moune s'y était mise, elle m'appelait Saint-Ex avec un naturel déconcertant, si bien que, je ne sais par quelle mauvaise foi, j'avais fini par y trouver une espèce de gloire – gloire grâce à laquelle j'affronterais plus sereinement ce voyage, un périple sans escale jusqu'à l'aéroport de Hyères-Toulon où un taxi devait nous attendre.

Durant le vol, Lise me gratta la tête pour apaiser mon angoisse, et tandis qu'elle me massait le cuir chevelu, je conservais les yeux mi-clos, comme un chat ronronnant mais qui ne baisse pas la garde et ne plisse les yeux qu'à moitié, les pattes arrière toujours prêtes à bondir. Je ne dirais pas que je n'avais plus peur, non, c'eut été perdre ma lucidité d'oublier que l'on pouvait à tout instant s'écraser, mais, passé le décollage, j'acceptai mon sort : je pouvais mourir, voilà tout, j'allais mourir, j'allais m'écraser, c'était certain, mais c'était ainsi. Cette fatalité-là n'était pas déchirante puisque je ne serais pas le seul, Lise aussi mourrait, et sa mère, et Moune, et Jean. Non, Jean Delabaere ne pouvait pas mourir ainsi, c'était Jean Delabaere tout de même, les Jean Delabaere ne meurent pas, du moins pas lors d'un vol Paris-Toulon, ce serait grotesque. Je lui serais d'ailleurs à jamais reconnaissant de m'apporter, tant que j'étais à ses côtés, une espèce d'éternité. Car le monde parlait du père de Lise, il était donc au centre du monde. Quiconque était auprès de lui était aussi au centre du monde. Qui était au centre du monde ne mourait jamais entièrement. Je poursuivais ainsi des raison-

nements à l'infini et avec une facilité décon-
certante lorsque je m'assoupissais.

Nous arrivâmes tranquillement à Toulon,
la température extérieure est de 34 degrés,
merci d'attacher vos ceintures et de rabattre
vos sièges. Déjà, dis-je à Lise qui se massait
le poignet, oui, tu as dormi, me dit-elle, tu
vois, tu n'es pas mort, c'est bien. Attends,
dis-je en regardant par le hublot, tu vas nous
porter la poisse.
L'avion perdit considérablement de l'alti-
tude, mon visage de sa couleur. C'est normal ?
demandai-je à Lise qui lisait passivement son
magazine. Elle tortilla à nouveau ses doigts
lascifs parmi les mèches de mes cheveux. Mon
cœur se soulevait à mesure que nous descen-
dions vers la terre, dans un mouvement
inverse, comme compensatoire. J'entendais se
refermer les boucles en fer des ceintures de
sécurité. Une hôtesse de l'air avança gracieusement dans l'allée centrale, regardant régulièrement à gauche puis aussitôt à droite, ins-
pectant poliment les choses, l'air de ne pas y

toucher, semblant vouloir ne vexer personne, priant de temps en temps un passager de relever son siège ou d'enlever ses écouteurs, susurrant sa requête et faisant des gestes tendres, tandis que Lise continuait de lire, imperturbable, sa main dans mes cheveux.

Quelques secondes plus tard, les roues de l'avion heurtèrent le sol, on entendit un crissement, un bruit strident et intense. Un grand froid me parcourut, une peur glaciale, je vacillais, mon siège tremblait, c'est normal? demandai-je à Lise qui n'avait pas cligné de l'œil, hein? demanda-t-elle, mais déjà l'avion avait ralenti et entamait une manœuvre sur la piste, presque à faible allure, les ceintures se détachaient malgré l'annonce qui était faite de ne pas quitter sa place avant l'arrêt complet de l'appareil. Je regardais autour de moi, tout le monde avait l'air calme. Tu as vu, dis-je à Lise, je n'ai même pas eu peur.

À onze heures, le lendemain, elle tapota sur la vitre du présentoir réfrigéré et désigna le bac dans lequel était planté le petit drapeau *glace au yoghourt*. À emporter, confirma-t-elle. Elle attendait en souriant. Le serveur plongea une spatule dans la crème glacée, qui n'opposa qu'une molle résistance, et la fit ensuite glisser sur le sommet du cornet. Il enroula une petite serviette sur la partie gau-frée et tendit la glace.

Plus loin dans la rue, elle m'avoua qu'elle était un peu vexée que le patron du glacier ne l'ait pas reconnue. L'été, elle venait là tous les jours quand elle était enfant. Elle haussa les épaules et conclut placidement qu'ils avaient dû changer de propriétaire. Nous bifurquâmes dans une ruelle qui débouchait sur une place. Le marché ! Nous nous mêlâ-

mes, assez rapidement, à la foule. Nous avancions au coude à coude et Lise tentait savam-
ment de protéger sa glace en enroulant son
poignet. Elle ne laissait guère de répit à la
boule qui, sous le soleil, fondait tout de même
en dessinant de petites traînées sur le cornet,
de fines gouttelettes que la gaufre imbibait.
Nous piétinions le long des stands, nous for-
çant à regarder, çà et là, les barquettes de
fraises, les pyramides d'oranges, les amas de
pommes, les piles de savons, les cigales en
terre cuite, les maillots de bain en épouvantail
sur leur cintre. Ta mère a dit qu'elle s'occupait des courses, non ? lui demandai-je.

Lise ?

Je me dressai pour regarder au loin devant
moi. Des têtes, des centaines de têtes. J'es-
quissai un sourire incrédule, car après tout,
il m'arrivait à moi aussi de faire semblant
de disparaître. Je me tournai, d'abord sans
inquiétude. Me tournai encore. Mon sourire,
peu à peu, se crispait. La foule me paraissait

bruyante, hostile. Je décidai de rebrousser chemin.

Revenant sur mes pas, il m'apparut soudain plus vraisemblable que Lise ait été emportée par le flot. Peut-être l'avait-elle été plus rapidement que moi, si bien que ce devait être elle, à présent, qui me cherchait plus loin dans la foule. Pensait-elle, à cet instant, que je l'avais abandonnée ? Ne m'éloignais-je pas d'elle un peu plus ? Je décidai alors de la retrouver au plus vite, pivotai derechef et me frayai un passage entre les gens, demandant pardon, essayant d'éviter les couples qui se donnaient la main. Je ne la cherchais pas du regard, c'était inutile. Sa présence s'imposerait à moi, ce serait comme une apparition au milieu de toutes ces têtes anonymes, ces têtes indifférentes et grises. J'avançais, mais bientôt ma progression devint plus difficile car les gens me faisaient face et me dévisageaient, ils semblaient se resserrer volontairement pour ne pas me laisser passer. Quelle vérité désiraient-ils me cacher ? De quel malheur voulaient-ils me protéger ? Ressentaient-ils intimement la catastrophe qui était en train de se produire ?

Je pris la décision de m'arrêter.

J'avais sorti mon téléphone de ma poche. Je l'avais appelée. Sans doute à cause du chahut de cette fin de matinée, elle n'avait pas décroché, les sonneries avaient retenti, entrecoupées de silence, puis j'avais fini par tomber sur son répondeur, sur cette voix enregistrée et impersonnelle dont je connaissais les moindres inflexions. Je m'apprêtais à lui laisser un message lorsque mon portable se mit à vibrer dans ma main, m'indiquant que j'avais un double appel. Je regardais l'écran, le mot *Lise* s'affichait deux fois, il y avait deux Lise maintenant, celle que j'appelais et celle qui me rappelait, mais ce n'était toujours pas elle, non, pas encore, ce n'était que son nom. Je pris tout de même le temps de lui laisser un message. C'est moi, tu es où ? demandai-je d'une voix dont la douceur camouflait l'inquiétude. Puis je raccrochai et basculai vers l'autre appel. Lise ? Tu es où ?

répétai-je sans dissimuler cette fois ma con-
trariété.

Au Palais du Cachemire, dit-elle. Et toi ?

Je te cherche, dis-je, je te cherche. Elle me
demanda de la rejoindre, elle était dans une
boutique pas loin de là. Il y avait des pulls,
des pulls en cachemire à cinquante pour cent.
Viens vite.

Des pulls, en été, dis-je.

Entré dans le Palais du Cachemire, je
l'aperçus enfin vers le fond du magasin. Elle
n'était pas seule. Elle était en grande conver-
sion avec une fille, une brune en robe d'été
jaune qui paraissait avoir son âge. Lorsque
Lise me vit, elle leva le bras, et d'un signe de
la main elle m'incita à les rejoindre.

Je m'étais approché et la fille à la robe
jaune s'était spontanément présentée. Camille,
avait-elle dit, et nous nous étions embrassés
après une légère hésitation, un brin de réti-
cence. La chose avait été mal réglée, nos joues

étaient entrées gauchement en contact, avec un peu de brutalité même, bref, nous nous étions plus cognés qu'embrassés.

Elle portait un sac en bandoulière dont la lanière avait trouvé refuge entre ses seins.

On était dans la même classe, me dit Lise pour continuer les présentations, puis elle m'expliqua que Camille Amarde avait une maison ici. D'ailleurs, c'était drôle, elles se voyaient plus souvent là qu'à Paris. L'amie de Lise ne disait rien, elle se tenait bien droite devant nous, une main posée au niveau de la poitrine, sur la lanière du sac, comme si elle avait peur qu'on le lui arrache. Elle me regardait en levant insensiblement les sourcils, ou plutôt non, elle nous regardait tous les deux, Lise et moi, elle regardait le couple que nous formions.

Je t'ai cherchée, dis-je à nouveau à Lise, tu étais où ? Ma question paraissait assez inutile maintenant que je l'avais retrouvée. Là, répondit-elle simplement. Puis, semblant gênée par la question que je venais de poser, elle sourit à Camille.

Camille aussi sourit, ou plus exactement elle appuya le sourire de son amie, le prolongea, comme si elles savaient très bien ce qu'il voulait dire, ce sourire. Depuis combien de temps étaient-elles dans ce magasin toutes les deux ? Et pourquoi Lise ne m'avait-elle pas répondu ?

Bon alors, c'est d'accord ? Vous venez dîner à la maison demain soir ? Ce n'était pas vraiment une question mais une manière de prendre congé, et Camille s'en alla, nous faisant un signe de la main, à la fois d'adieu et d'amitié, avant de sortir de la boutique, chargée de sacs du Palais du Cachemire.

Je la regardai traverser la rue avec légèreté dans sa robe jaune.

Le lendemain soir, je stoppai la voiture devant une barrière d'accès. Un gardien sortit de sa guérite, et se penchant vers Lise inspecta l'air de rien l'intérieur de notre véhicule. Il s'enquit de savoir à qui nous rendions visite. Après nous avoir écoutés, il repartit tranquillement dans sa cabine vitrée, il passa un coup de fil tout en trifouillant autour de lui, regarda plus en détail un papier, nous observa une dernière fois avec méfiance tandis que la perche aux bandes réfléchissantes se soulevait lentement devant nous.

Je ne connaissais pas l'existence des Parcs, ces collines boisées qui se dressaient devant la mer et dans lesquelles nous venions de pénétrer. Nous avancions à faible allure dans les rues goudronnées, longeant d'invisibles villas qui disparaissaient sous les pins, derrière des murs de pierre, lorsque Lise me désigna un large portail anthracite et dit c'est là.

J'arrêtai la voiture mais ne coupai pas le moteur. Elle ouvrit la portière et alla sonner à l'interphone, s'approchant du petit rectangle gris dissimulé entre les pierres. Elle resta quelques secondes ainsi, puis se redressa et finit par se tourner vers moi en haussant les épaules. Revenue dans la voiture, elle me dit que personne n'avait répondu, et elle sortit de son sac son portable. Nous attendîmes en nous regardant, moi les mains sur le volant, elle son téléphone collé contre l'oreille. Ça sonne, dit-elle. Elle laissa un message à Camille. On est devant le portail, on est là, rappelle-moi. Je repensais à l'homme de la guérite, à l'entrée des Parcs, qui avait appelé les Amarde. Oui, les Amarde devaient être prévenus de notre arrivée, il devenait dès lors tout à fait incompréhensible que personne ne soit là pour nous accueillir. Lise me dit qu'elle ne comprenait pas ce qui se passait. Pensait-elle comme moi que Camille ne voulait pas nous ouvrir ?

Je découvris bientôt, à gauche du portail,

en hauteur, en partie cachée par les branches d'un grand pin, pointée sur nous, une caméra de vidéosurveillance.

Regarde, dis-je, on nous observe.

Lise s'approcha du pare-brise puis se mit à agiter joyeusement la main.

Un petit gyrophare orangé s'était déclenché, et lentement les vantaux sombres du portail automatique commencèrent de s'ouvrir vers l'intérieur de la villa. La propriété des Amarde était verdoyante et spacieuse. Je roulai au pas sur les dalles claires de l'entrée puis sur le chemin qui menait à l'imposante maison que nous apercevions au loin. Je regardai Lise.

Ne me demande pas ce que fait son père, dit-elle soudain sans se tourner vers moi. Je ne dis rien. Ignorait-elle l'origine de la fortune des Amarde ou bien avait-elle voulu me faire comprendre que les activités du père de Camille étaient illicites ?

Camille nous attendait sur le perron. Elle portait une robe noire légère et élégante. Elle vint à notre rencontre. Elle était apparemment seule, mais le domaine était si vaste que ça ne voulait rien dire, peut-être d'autres personnes étaient-elles présentes, qui se cachaient. Elle devait sortir de la douche car ses cheveux étaient encore humides et son corps exhalait une odeur particulière, mélange de shampooing, de crème et de soleil. Nous la suivîmes, et après avoir contourné la maison, nous arrivâmes sur une longue terrasse bordée d'une balustrade en pierre.

Notre hôtesse ouvrit une bouteille de vin qu'elle posa sur la table devant nous. Puis les filles se mirent à papoter.

De la terrasse, nous dominions la Méditerranée. Les lumières de la baie commençaient à scintiller, dessinant, sur fond bleu nuit, une sorte de guirlande le long de la côte. Le jour avait déjà considérablement faibli et, dans le jardin, l'arrosage automatique s'était mis en route, propulsant de brèves pressions vibrantes. Le bruit de ces jets rotatifs se confondait avec le craquètement saccadé des cigales dans les pins.

Après le repas, nous descendîmes vers la mer, empruntant un chemin en lacets jusqu'à une petite plage privée, discrète échancrure de sable dans la roche. Un bateau blanc était amarré à un ponton, un imposant bateau aux vitres noires et opaques. Un voile couvrait la surface de la mer, un fin brouillard qui nimbait la plate-forme flottante sur laquelle nous marchions maintenant, tous les trois, Camille en tête. D'imperceptibles grincements se faisaient entendre, ainsi qu'un bruit léger, répété et prolongé, lorsque l'eau, soulevée par l'onde lente des vagues, venait mourir sur la coque du bateau. Nous enlevâmes nos chaussures. Au bout du ponton, un Zodiac sommairement attaché suivait les oscillations de la houle. Avec Lise, nous nous aidâmes mutuellement pour monter dans l'embarcation grise et rigide, et cependant que Camille s'occupait de faire démarrer le moteur, nous nous installâmes à l'avant, sur le ventre. Il y avait dans l'air, ou dans l'eau, une odeur de bois fumé et de moisissure.

Le Zodiac avançait à vive allure et l'on entendait le grommellement du moteur qui, dès qu'il paraissait peiner, se relançait, semblant d'abord saturer avant de repartir de plus belle, libéré. Le bateau pneumatique se soulevait puis retombait comme une claque sur la surface de la mer, projetant aussitôt quelques gerbes d'eau salée qui nous éclaboussaient. Nous plissions les yeux.

Nous avions mis le cap sur le port. Nous longions sans doute la côte mais comme aucune lumière ne nous guidait que celles au loin de la ville, lumières floues et baveuses, chancelantes, il me sembla soudain que c'était la nuit même que nous traversions, profonde, charbonneuse, et que nous naviguions vers l'autre rive.

Je frissonnai soudain.

Instinctivement, je me tournai vers Camille. La main agrippée à la poignée de gaz, elle tenait la barre légèrement relevée. Les cheveux follement agités par la brise, elle souriait.

Je frissonnai à nouveau.

Où nous emmenait-elle ?

La chambre où je m'éveillai, le lendemain, était entièrement recouverte de bois clair. Mes paupières étaient encore lourdes et je devais lutter pour les ouvrir entièrement. Au mur, quelques décorations marines tentaient d'imiter l'intérieur d'une cabine de bateau. À travers les volets, le jour se devinait, levé depuis longtemps sans doute.

Je ressentais autour de la taille une chaleur inhabituelle. Une main reposait sur mon ventre, une main brune et fine. Le bras qui m'enlaçait n'était pas celui de Lise. Je refermai les yeux et restai un instant ainsi, immobile, savourant cette douce ambiguïté, ce frôlement du désir qui ne se frotte pas à la réalité. Lise savait-elle que son amie dormait ainsi contre moi ?

Camille avait dû m'enlacer comme on

embrasse un traversin dans l'inconscience du sommeil. Mais il ne m'était pas désagréable d'imaginer qu'elle l'avait fait volontairement. Avec une lenteur de mikado, je finis par me défaire de ses bras endormis. Elle n'opposa qu'un fébrile frémissement.

Je regardais maintenant les deux filles dans le lit. Derrière Camille, couchée sur le côté en nuisette rouge, Lise s'étalait en étoile de mer, dans un pyjama à carreaux Vichy, les bras et les jambes écartés dépassant des vagues blanches du drap. Pourquoi étions-nous tous les trois dans cette chambre ?

L'alcool de la veille alourdissait ma tête et fermentait en moi. Nous avions beaucoup bu, sur la terrasse des Amarde d'abord, face à la mer, puis dans un café, sur le port. À l'intérieur de la boîte de nuit, j'avais ingurgité des verres sans plaisir, pour me donner une contenance – la musique était si forte que nous avions abandonné l'idée de nous parler – puis sans modération, sans maîtrise tandis que les deux filles s'étaient levées pour aller danser. Je les avais regardées rejoindre la piste. Elles avaient d'abord remué sobrement, bougeant leur bassin et leurs épaules avec détachement, s'amusant de cette suite de mouvements volontaires, puis progressivement elles s'étaient déplacées vers un groupe de danseurs. Elles s'étaient si bien mêlées à eux que j'avais d'ailleurs fini par les perdre de vue. Mais de temps en temps, elles réapparaissaient furtivement dans mon champ de vision, et je voyais que leurs gestes s'étaient faits plus amples, qu'ils étaient guidés par la musique, par le rythme effréné, saccadé et violent de la musique. Rien ne comptait que le plaisir qu'elles prenaient à danser. Alors, assis sur ma banquette de velours, abruti par la chaleur moite, je m'étais mis à boire différemment, à boire seul et soûl.

Les verres et les bouteilles sur la petite table noire devant moi, les lumières aussi, tout s'était mis à danser, et c'est à cet instant qu'il était apparu, parmi cette foule, surgissant dans cette agitation, l'inconnu au polo rose.

Jusque-là, je ne l'avais pas encore vu, pourtant, à en juger par la sueur qui couvrait ses joues, il devait occuper la piste depuis un bon moment. Il paraissait ensorcelé, comme en transe, il se mouvait avec un rien d'exubérance mais semblait sûr de lui. Beaucoup l'observaient et ralentissaient même leur ondulation pour le voir danser. Puis cet inconnu, par de subreptices manœuvres, s'était approché de Lise. Très vite, un cercle s'était formé autour d'eux. Je m'étais levé. Parmi les spectateurs, j'avais cru apercevoir Camille qui tapait dans ses mains en cadence et encourageait par des cris ce qui ressemblait maintenant à un rite initiatique.

J'avais vu, j'étais formel, que l'inconnu au polo rose avait caressé les fesses de Lise. Ses mains sur tes fesses, lui avais-je répété sur le trajet du retour, hurlant inlassablement ces mots, les lui reprochant, la bouche amollie par l'alcool et la fatigue. Je criais à cause du bruit du Zodiac qui heurtait les vagues, à cause du vent aussi qui soufflait plus fort à présent, et Lise me répondait mais je n'entendais rien, elle faisait de grands gestes sévères, autoritaires, mais elle avait beau le nier, je l'avais vu, l'inconnu au polo rose, il avait mis ses mains, Lise, sur tes fesses, et vous vous étiez embrassés, vous vous étiez embrassés ou vous aviez eu envie de le faire, ce qui revenait au même pour moi ce soir-là, et je finissais par penser, Lise, qu'il ne t'était peut-être pas tout à fait inconnu, cet inconnu.

À treize heures, les filles n'étaient toujours pas levées. La maison des Amarde était déserte. Je montai à la cuisine. Je trouvai dans le frigo une brique de jus d'orange. Je remplis un verre et gagnai le salon, prenant au passage une cigarette dans un paquet qui traînait sur le bar.

La pièce était lumineuse, baignée de cette clarté particulière des jours de vent. Au loin, derrière les baies vitrées, la mer se froissait et sa surface se couvrait de fines traces blanches.

Je tirai quelques bouffées puis écrasai méticuleusement la cigarette à peine consumée dans un cendrier. Je redescendis l'escalier en colimaçon et retrouvai le chemin de la chambre. Par l'entrebâillement de la porte, je pouvais voir les deux filles dormir paisiblement dans la pénombre. Pourquoi Camille était-elle dans ce lit, pourquoi avait-elle dormi entre Lise et moi, si ce n'est pour nous séparer ?

Je proposai Bouvard et Pécuchet.

La moue de Lise semblait dire qu'elle n'était pas convaincue. Elle venait de déposer une première perruche dans la cage. Celle-ci vint se poser sur le perchoir, s'y balança, s'y berça. La seconde remuait encore dans sa boîte cartonnée.

Dès notre retour à Paris, nous avions acheté ces oiseaux dans une animalerie des quais de Seine, deux perruches ondulées au plumage bleu ciel et au masque blanc. Pacha sauta sur la table de la cuisine pour voir d'un peu plus près l'entrée du second oiseau dans la cage. Il ferma les paupières et détourna la tête lorsque Lise referma la grille.

Je sais. Celui-là, c'est Voltaire, dit-elle en désignant l'oiseau qui se balançait. Et elle, c'est Zadig. Et comment vas-tu les reconnaître, demandai-je. Elle semblait étonnée. C'est important ?

Il se trouva que très vite Zadig et Voltaire se distinguèrent, pas tant par la couleur de leur cire que par leur position dans la cage. Zadig restait immobile sur le perchoir, laissant le fond de cage à Voltaire qui picorait nerveusement quelques graines dans la mangeoire et se déplaçait par petits sauts. Lise installa une branche en travers de la cage afin que les deux oiseaux puissent se percher dessus. Mais Zadig refusa de la partager, n'hésitant pas à donner un coup de bec lorsque Voltaire s'approchait d'un peu trop près.

Zadig était agressive et ne se laissait pas prendre dans la main. Elle se grattait la tête et remettait sans cesse ses plumes en place, comme si elle éliminait les parasites invisibles de son plumage. Elle gonflait son corps, soulevait ses ailes, ouvrait le bec en émettant des cris stridents. Voltaire, lui, bâillait et s'étirait, enfouissait sa tête dans son cou.

Il n'intéressait plus du tout Lise.

Un soir, Jean Delabaere expliqua à sa fille que Zadig devait être ce que l'on nommait un oiseau *hagard*, c'est-à-dire qu'il avait dû être capturé trop tard, après plus d'une mue. Il n'était plus vraiment possible, selon lui, de l'apprivoiser. Voltaire, en revanche (et il sourit, prévoyant déjà l'effet de ses paroles), c'était un *niais*. Nous haussâmes les sourcils, attendant l'explication. Jean Delabaere ménagea un petit silence. Et oui, niais, étymologiquement, ça veut dire qu'il a été pris au nid et donc, tu vas pouvoir l'apprivoiser plus facilement (*Les Perruches ondulées dans le monde.*)

Regarde-le, lui, s'énervait Lise, il passe ses journées à picorer. Elle trouvait Voltaire de plus en plus idiot.

Sa main était couverte de griffures rouges mais elle n'avait pas abandonné l'idée d'apprendre à voler à Zadig. En vérité, la perruche savait déjà parfaitement voler mais ne voulait pas revenir. Zadig, reviens ici ! Tout de suite ! Lise disposait des graines le long

130

de son bras qu'elle tendait devant elle en sif-
flotant. Sale bête ! La perruche restait per-
chée sur une poutre et attendait que l'on
vienne la chercher puis nous donnait un coup
de bec avant de regagner sa cage.

Il m'arrivait encore de prendre Voltaire
dans mes mains et de lui gratter la tête avec
mon ongle. Mais un jour il mordit mon
pouce. Je le remis dans la cage et plus personne ne s'occupa de lui.

Au mois de décembre, les parents de Lise nous offrirent pour Noël des vacances hors de prix. Ce fut un hiver extrêmement chaud.

Le voyage avait duré douze heures, enfermé dans un Boeing dont j'avais dû reconnaître la stabilité et la fiabilité, puis, à l'aéroport, une navette nous avait conduits jusqu'à un hangar.

Nous étions maintenant de nouveau dans le ciel, à l'étroit dans un ARV Super 2, si léger qu'il semblait à l'arrêt, vrombissant, un peu grotesque, au-dessus de l'immense forêt. Par moment, le pilote inclinait dangereusement le monomoteur pour que nous puissions voir la mer, turquoise, infinie.

Il nous déposa sans heurts, une vingtaine de minutes plus tard, sur une piste de terre et de sable, tout près d'une plage déserte.

Montés à l'arrière d'une jeep à l'aspect militaire, nous parvînmes, après quelques kilomètres sur une route boueuse et accidentée, au village qui s'appelait Corumbau, ce qui pouvait se traduire, je crois, par « la terre loin de tout ».

Là-bas, nous nous baignions dès l'aube dans de violents rouleaux blancs.

La journée, nous marchions dans la jungle jusqu'au mont Pasqual, accompagnés d'un grand guide indien qui souriait en indiquant de sa serpe un serpent enroulé mais nerveux (très dangereux, précisait-il) ou quelque gigantesque araignée (très, très dangereuse, rappelais-je à Lise qui s'approchait d'un peu trop près pour la photographier).

Les serveurs du Tauana Hotel, qui parlaient un mauvais anglais, toujours vêtus de blanc et un plateau impeccablement vissé à la paume de la main, nous accueillaient sur la grande pelouse centrale, lorsque nous rentrions le soir, avec des verres de jus de coco mêlé à de l'eau fraîche.

Nous dînions toujours à la même table, face à la mer, à la lueur des guirlandes lumineuses qui se balançaient légèrement dans la nuit.

Le dernier soir, après avoir quitté notre bungalow, nous avions fait quelques pas sur la plage. Nous nous étions assis et elle avait posé sa tête contre mon épaule. Dans sa main, elle prenait des poignées de sable fin qu'aussitôt elle laissait glisser entre ses doigts. Elle répétait ce geste avec mélancolie. Tu crois qu'on pourra un jour s'offrir des vacances comme celles-là ?

Je regardais la mer noire. Je ne répondais pas à Lise, car comment lui expliquer, dans la douceur de cette nuit-là, que malgré toute ma bonne volonté, malgré tout le travail que j'abattrais dans ma vie, je ne serais jamais Jean Delabaere.

Depuis de longues minutes, j'observais de la fenêtre de mon appartement le cimetière du Père-Lachaise. Une pluie fine et régulière, presque une ondée, donnait à cette étendue de pierre, de mousse et d'arbres une teinte grisâtre. Mais bientôt les gouttes de pluie tombèrent plus lentement, comme au ralenti, elles s'épaississirent en flocons, qui descendaient, avec la lenteur d'un corps parachuté, sur les tombes.

La neige disparaissait entre les branches noires des ifs ou venait fondre dans les allées. Quelques flocons se posaient sur le rebord de ma fenêtre, et je regardais mourir cette laine fragile, légère et précieuse, qui avait l'éclat des choses éphémères.

Hier encore, à Corumbau, je suffoquais, j'épongeais mon front et recherchais l'ombre des arbres. Aujourd'hui, c'était l'hiver. Survenu brusquement, sans automne, sans dorures ni feuilles mortes : il avait suffi de douze heures d'avion, au-dessus de l'océan, pour que se dissolve l'ordre harmonieux et rassurant des saisons.

Ma peau, qui là-bas avait pris l'aspect du cuir, perdit progressivement son hâle brun et se mit à peler. Par petites parcelles, la couche superficielle de mon épiderme se détachait, et je la retirais facilement sur mon visage et ma poitrine, un peu à contrecœur, comme une pellicule plastique sur un objet neuf.

Jamais hiver ne me parut plus court. Bientôt ce fut le printemps, et avec lui les projets pour l'été. Lise suggéra la Sicile. Ce serait bien, la Sicile. Elle ne connaissait pas. Elle ajouta que Camille, d'ailleurs, n'y avait jamais mis les pieds non plus. Elle pourrait venir passer une petite semaine avec nous, non ?

Depuis plusieurs mois, les filles se voyaient régulièrement. Je m'y étais habitué.

Camille Amarde faisait un peu partie de la famille.

Nous nous étions garés près de la mer. Nous avions remonté à pied la via Vittorio Emanuele. Lise et Camille se prenaient par le bras et je marchais un peu en retrait derrière elles.

Je ne sais plus qui d'elles ou de moi avait eu l'idée de visiter les catacombes des Capucins de Palerme. Après avoir donné quelques pièces à l'espèce d'abbé qui tenait la caisse, nous étions descendus par les couloirs souterrains dans ces galeries humides où les corps des frères cordeliers étaient étendus ou suspendus à des crochets, dégingandés et rabougris, grisâtres et noueux. Peu à peu, nos yeux s'étaient habitués à l'obscurité, nous distinguions mieux les vêtements qui recouvraient les dépouilles, les dentelles verdâtres aux poignets des femmes, les sourires forcés des crânes. Nos regards se familiarisaient avec la mort, nous finissions même par ne plus trouver morbides ces cadavres qui semblaient légers comme du carton et ressemblaient à de petites sculptures que le temps avait séchées. Des bouts de chiffons secs. Camille s'amusait parfois à tordre son visage pour en imiter un qui lui paraissait plus amusant que les autres, peut-être parce qu'il avait encore d'étranges cheveux, durs comme de la soie de porc, et des lambeaux de peau qui faisaient comme du papier mâché sur l'une de ses joues.

En sortant, Lise acheta des cartes postales d'enfants morts. Elle expliqua que cela la dégoûtait et la fascinait. Elle avait porté une attention particulière à la petite Rosalie Lombardo, la star du lieu, cette enfant de deux ans si bien conservée qu'elle semblait dormir, la seule qui m'avait paru à moi vraiment morbide. Lise trouvait que c'était une image d'éternité douloureuse qui devrait me consoler de mourir.

Camille, dans son coin, ne pipait mot. Mais même si elle voulait le dissimuler, j'avais bien vu que la visite l'avait surexcitée.

Nous marchâmes dans les rues de Palerme, entrant parfois dans la grande cour d'un palais délabré. Piazza Marina, dans le square Garibaldi, nous restâmes tous les trois silencieux devant un imposant ficus millénaire. Ses branches, noueuses comme les bras décharnés des cordeliers que nous venions de voir, s'étaient marcottées si bien que l'on se demandait à présent si ces lianes ligneuses coulaient vers le sol ou sortaient de terre, et c'est en les regardant, à la fois figées et dégoulinantes, immobiles et mouvantes – mais d'un mouvement si lent qu'il était insaisissable à l'œil nu – que je ressentis confusément que Lise s'éloignait de moi.

Dès l'aube, je nageais seul dans la piscine remplie d'une blanche lumière. Autour du bassin, les dalles étaient encore couvertes de rosée, légèrement glissantes. Déjà des abeilles venaient boire dans de petites flaques au creux des margelles de granit rose. Puis le soleil s'installait, s'immobilisait sur les murs de la maison.

Les filles se levaient tard. Je restais immobile dans la piscine. Je regardais Camille aller et venir en maillot deux-pièces dans le jardin. La pulpe de mes doigts finissait par être toute fripée mais je ne sortais pas de l'eau. À partir de combien de temps un homme pouvait-il se décomposer ?

Le bonheur qu'elle faisait naître en moi était une curieuse nostalgie. Ses joues roses et tavelées d'éphélides brunâtres s'empourpraient lorsqu'elle parlait. Je commençais à aimer sa concentration soudaine sur des choses futiles – une pomme qu'elle pelait, un dessin qu'elle faisait en tirant la langue, un ongle qu'elle laquait d'un vernis rouge sang. J'aimais la regarder, j'aimais la grâce avec laquelle elle portait son verre à sa bouche, j'aimais ses yeux verts et sombres, ses lèvres sèches, épaisses, tremblotantes, sa façon de faire l'idiote en toutes circonstances, son corps irrégulier et mince, ses seins opulents, ses jambes trop longues, ses genoux concaves. J'aimais sa voix.

Elle savait écouter comme personne. Sa mémoire me charmait. Elle retenait tout ce que je laissais tomber : mon crayon, ma gomme, mes paroles, mes sourires.

Elle s'était installée à l'étage de cette maison biscornue. Sa chambre était petite et manquait de clarté. Elle ressemblait à celle d'une nonne. C'était celle qu'elle avait préférée à la large et longue pièce au centre de laquelle trônait un vaste lit et qui avait une salle de bains. Je ne sais pas pourquoi elle avait refusé ce confort, sans mondanité, ni fanfaronnade. Le soir, lorsqu'elle partait se coucher, je regardais du salon sa fenêtre s'allumer. Elle tirait le rideau. J'attendais que la lumière soit éteinte puis je dessinais, comme on prend des notes, dans un carnet de petit format. J'essayais de reproduire les visages cartonnés des catacombes de Palerme. Je ne savais pas s'il s'agissait d'autoportraits ou si c'était une manière de dessiner, pudiquement, le visage de Camille Amarde.

Chaque matin, je passais des crèmes sur mon corps et sur mon visage, je me coiffais, je me rasais de près. Lise, l'air moqueur, disait que je me pomponnais.

Elle avait peut-être découvert le pot aux roses.

Au loin, l'Etna soufflait sa fumée blanchâtre dans l'aube. Je regardais le volcan et repensais au jour où nous l'avions gravi tous les trois. Au vent qui soufflait sur ce désert noir. À nos visages qui se fermaient sous les bourrasques. Aux mots que nous échangions et que nous n'entendions pas. C'était ce jour-là où Camille m'était apparue autrement. Ce jour-là où, plus qu'un autre, j'avais senti que Lise partirait, que Lise partait, sans qu'elle n'ait besoin de le dire.

Je dessinais sans relâche dans la maison.

Je dessinais encore et encore des morts suspendus. Je dessinais ma tristesse sous la forme d'étiques capucins horrifiés.

Je dessinais la mort dans l'âme.

Pour la dernière soirée de Camille, nous dînâmes tard. Nous savions tous les trois qu'il serait impossible de repousser le moment de son départ, le lendemain matin, et nous avions envie de grappiller des minutes à la nuit. Nous discutions à la lumière des lampions, et l'alcool, la musique aidant, ce dîner s'était transformé en un semblant de fête. Après le dessert, les filles avaient quitté la table et s'étaient mises à danser sous la pergola de vigne.

Alors que Lise était partie chercher du vin, je m'étais emparé du petit appareil-photo qui traînait sur la table, et l'ayant allumé, je l'avais pointé en direction de Camille qui était venue se rasseoir face à moi, comme apaisée par la danse. J'essayais de fixer sur l'écran son visage flou et imprécis. Elle souriait, de ce sourire si particulier qu'ont les gens quand ils posent, et à sa gêne se mêlait un rien d'ironie. Elle se recoiffa, sans même s'en rendre compte, balaya instinctivement sa frange de ses doigts et fit glisser ses cheveux derrière l'oreille. Nous étions un peu ivres tous les deux.

Une brise très légère et embaumée était en train de se lever dans la nuit. L'air restait chaud, qui caressait nos visages.

Je n'avais nullement eu l'intention de la prendre en photo. J'avais placé l'appareil entre elle et moi pour faire quelque chose, simplement pour faire quelque chose, occuper mes mains, mon esprit, et la voir, la voir sans avoir besoin de la regarder. J'étais incapable de me concentrer sur autre chose que sur l'écran, une force mystérieuse, sibylline, m'en empêchait.

Mais soudain son sourire se figea, et ses yeux se relevèrent imperceptiblement du petit cercle noir de l'objectif pour se poser sur moi.

Je baissai un peu l'appareil-photo puis le posai délicatement sur la table. À mon tour, je levai les yeux sur le visage de Camille. C'était comme si nous aspirions à nous parler sans mot. Elle était devant moi, inaccessible, défendue et lointaine, et je compris à cet instant qu'elle était déjà partie. Oui, c'était un visage d'adieu qu'elle m'adressait, un rien mélancolique peut-être, un visage qui semblait interroger le mien, et j'étais là, devant elle, intensément là, et je ne savais pas quoi lui dire. Je pris mon verre. Il était vide. Je bus, ou feignis de boire, les quelques gouttes qui en coloraient encore le fond.

Camille ne m'avait pas quitté des yeux. Je croisai les bras. Je souriais au vide qui m'entourait mais continuais de sentir son regard silencieux sur moi. Lorsque je me décidai à la fixer de nouveau, elle me tira la langue.

Camille riait souvent et s'amusait d'un rien.

Il n'y a plus de vin, dit Lise en posant sur la table, à côté de l'appareil-photo, une bouteille d'Amaretto.

Nous l'accompagnâmes à l'aéroport. Dans le hall, juste avant l'embarquement, nous commandâmes, presque malgré nous, trois capuccinos.

Nous bûmes avec empressement ces trois petits capucins mousseux et chauds.

Puis Camille chuchota une chose à l'oreille de Lise.

L'après-midi, je montai en pèlerinage dans la chambre étroite qu'elle avait occupée durant son séjour. Le lit qui était fait, le placard qui était vidé, m'arrachaient quelques larmes ridicules. Avait-elle jamais été là ? Je descendis à la cuisine, les yeux un peu rouges, prétextant une allergie à une chose qui m'était inconnue.

Le soir, Lise tomba malade. Durant deux jours, elle ne put plus rien avaler sans avoir le cœur au bord des lèvres. Je m'occupais d'elle, épongeant son front humide et fiévreux avec une serviette de piscine.

Le troisième jour, je décidai de visiter Syracuse. Seul. Je tentais de m'isoler comme un amoureux éconduit. Dans les rues d'ombre de la vieille ville, les façades étaient lépreuses et ocre.

Je regardais la mer.

Le ciel.

J'errais dans les rues angoissées.

Je tremblais sous la chaleur.

Elle posa sa tête sur mon épaule. Du salon de la maison, nous écoutions le feu d'artifice qui déchirait la nuit. C'était comme un roulement de tambour, les lumières vertes et mauves jaillissaient dans le lointain, de l'autre côté des baies vitrées. Cette fausse joie était terrible pour Lise comme pour moi. Il y eut le bouquet final. Puis le silence retomba sur la nuit tandis que les lumières du feu s'éteignaient, que mouraient lentement devant nous ces espèces de saules pleureurs aux couleurs criardes.

Ce séjour n'en finissait pas. Pourtant, ni elle ni moi n'osions évoquer la possibilité d'échanger nos billets d'avion. La maison de location était envahie de dessins sombres figurant des cadavres desséchés. Lise, elle, reprit peu à peu des couleurs. La journée, nous allions de village en village comme des égarés ou des fantômes. Nous étions devenus des ombres et nous craignions que le soleil ne nous fasse disparaître. Nous parlions avec les mains pour nous faire comprendre. Nous nous réfugiions dans de petits cafés vides envahis de mouches.

Cela faisait maintenant deux semaines que Camille avait quitté la maison de Sicile lorsque, dans le jardin, sur ma gauche, une grosse huppe beige me consola étrangement. J'étais devenu sourd aux présages.

Le ciel commençait à bleuir. L'herbe était encore humide de la nuit.

J'avais pu regarder l'envol sinistre d'un oiseau et n'écouter que le claquement de ses ailes dans l'aube.

Les mouettes rieuses planaient au-dessus du pont à la recherche d'insectes, de déchets lancés, puis tournoyaient en ravalant leur cri, envahissant de leur présence maritime le ciel de Paris.

Place du Châtelet, les voitures avançaient avec difficulté, klaxonnaient parfois et semblaient tourner en rond. J'entrai dans la brasserie Au Vieux Châtelet où Lise m'avait donné rendez-vous. C'était une brasserie à l'angle de la place et du quai de la Mégisserie, une brasserie devant laquelle nous étions souvent passés, sans jamais y entrer. Les garçons de café, vêtus de noir et de blanc, cravatés, étaient secs, peu accueillants.

Je la reconnus de dos. Elle était assise au fond de la salle et portait une veste en cuir châtaigne. J'avais longé pour la rejoindre une rangée de tables alignées comme dans un wagon-restaurant, et j'étais maintenant arrivé à sa hauteur. Tout, autour, était marron et beige, un peu désuet. Le temps semblait s'être arrêté.

Sans la regarder, je m'assis en face d'elle. J'observais à travers la grande baie vitrée les passants sur le trottoir, des passants sans visage qui allaient et venaient, pressés, dans des sens contraires. Les tours de Notre-Dame, de l'autre côté de la Seine, surgissaient, grises et blanches, derrière la masse sombre de l'Hôtel-Dieu. Je me tournai prématurément vers le visage de Lise, il était en pleurs, ses joues étaient inondées, alors je me détournai, posant derechef mon regard vers le quai embouteillé. Régulièrement, voitures et autobus ralentissaient puis s'arrêtaient. Les piétons traversaient. Les voitures du pont au Change avançaient. Les automobilistes à l'arrêt tournaient vers moi leur visage sans expression, puis le feu repassait au vert et la circulation devant la brasserie redevenait fluide. Alors c'était les voitures sur le pont qui s'arrêtaient, les piétons qui attendaient de chaque côté, sur le trottoir, une trentaine de secondes. Le mouvement se répétait ainsi, inlassablement, parfaitement huilé, comme chorégraphié, donnant une image rassurante de l'organisation du monde.

Lise venait de me dire, en reniflant, en grimaçant douloureusement des sourcils, qu'elle pensait – c'était terrible – qu'elle m'aimait moins, lorsque le serveur était arrivé. Il nous toisait en silence. Je me tournai vers lui, pour voir le visage de ce témoin indiscret. Il était jeune, les cheveux luisants, gominés, le menton légèrement en galoche. Un café, dit Lise en faisant mine de sécher ses larmes dans sa paume. Rien, dis-je, et je reniflai à mon tour.

Dans quelques secondes, Lise tremperait ses lèvres dans son café, s'ensuivrait automatiquement une grimace, beurk, je n'aime pas ça, dirait-elle en tirant la langue, puis elle accompagnerait son beurk d'un sourire, ses yeux pétilleraient parce qu'elle trouverait ça drôle de commander un café alors qu'elle déteste le café. Je la connaissais. Je la connaissais par cœur. Il ne pouvait rien nous arriver.

J'observais sa main posée sur la table, le rose sur le bois. C'était une main fine, ni trop maigre ni trop épaisse. Je crois que j'attendais qu'elle se saisisse de l'anse et porte la tasse à ses lèvres, mais je pressentais qu'il n'y aurait pas, cette fois-ci, la même lumière dans ses yeux quand Lise dirait beurk, parce que ses yeux brillaient déjà à cause des larmes. Sa main restait immobile sur la table. Elle répéta c'est une catastrophe, j'espère que tout va s'arranger, je ne peux pas envisager de vivre sans toi, je ne veux pas que ça m'arrive, je suis malheureuse, mais ça arrive, ça arrive bel et bien, et elle pleurait, d'une manière continue, un peu rageuse, des gouttelettes de sueur perlaient à son front, on aurait dit un enfant au sortir de la sieste, des mèches de cheveux étaient collées, fiévreuses, sur ses tempes, elle ne craignait pas qu'on la remarque, elle était impatiente sans doute que cette douleur prenne fin, ou bien impatiente que je dise quelque chose moi aussi, que je la déteste, ou l'embrasse, mais je restais impassible, froid, je regardais les passants sans visage, je me demandais même si je n'étais pas en train de les compter, il y en avait tant, des spectateurs, aveugles et muets, de notre rupture. Lise devait me trouver distant et lointain, irrésistiblement attiré par le bruit du dehors.

Le serveur reparut. Il était venu pour se faire régler, son plateau vide maintenu à hauteur d'épaule. Il me lança un regard sans ambiguïté, qui voulait dire tu devrais avoir honte, toi, de faire pleurer une fille aussi jolie. Lise pleurait de plus belle de ne plus pouvoir me parler. Sans dire un mot, je tendis mon billet, le serveur baissa la tête et fouilla sous son ventre dans sa banane noire, d'une main me rendit la monnaie, quelques pièces qu'il déposa directement sur la table et s'en alla. Alors Lise en profita pour me prendre la main, je sentais qu'elle voulait que les choses avancent, sa main était moite, on aurait dit qu'elle avait pleuré elle aussi, tu ne la regardes pas, me dis-je, le café refroidit, elle n'y touche pas, tu ne la regardes pas, elle a compris qu'il ne sert à rien de boire un café si on n'aime pas ça, c'est ça la nouvelle chose dans sa vie, tu ne bouges pas les yeux, tu ne clignes même plus les paupières, il est trop tard pour te demander si tu l'aimes encore, oui, oui tu l'aimes puisqu'elle ne t'aime plus, tu l'aimes comme tu ne l'as jamais aimée. Je ne la regardais pas, à vrai dire je ne regardais rien car tout à l'intérieur de moi était en train de s'effondrer. Et je commençais déjà à sentir, oui, c'était ça ma vie désormais, comme un enlisement.

CET OUVRAGE A ÉTÉ ACHEVÉ D'IMPRIMER LE
VINGT-TROIS MAI DEUX MILLE ONZE DANS LES
ATELIERS DE NORMANDIE ROTO IMPRESSION S.A.S.
À LONRAI (61250) (FRANCE)
N° D'ÉDITEUR : 5056
N° D'IMPRIMEUR : 111086

Dépôt légal : septembre 2011